KB114161

魔刀

마도진조_휘

요람 新무협 판타지 소설

FANTASTIC ORIENTAL HEROES

마도 진조휘 7

요람 新무협 판타지 소설

초판 1쇄 찍은 날 § 2016년 8월 22일
초판 1쇄 펴낸 날 § 2016년 8월 29일

지은이 § 요람
펴낸이 § 서경석

편집책임 § 고승진

펴낸곳 § 도서출판 청어람
등록번호 § 제387-1999-000006호
등록일자 § 1999. 5. 31
어람번호 § 제2-2679호

주소 § 경기도 부천시 원미구 부일로 483번길 40 서경B/D 3F (우) 14640
전화 § 032-656-4452   팩스 § 032-656-4453
http://www.chungeoram.com
E-mail § chungeorambook@daum.net

ISBN 979-11-04-90942-9 04810
ISBN 979-11-04-90718-0 (세트)

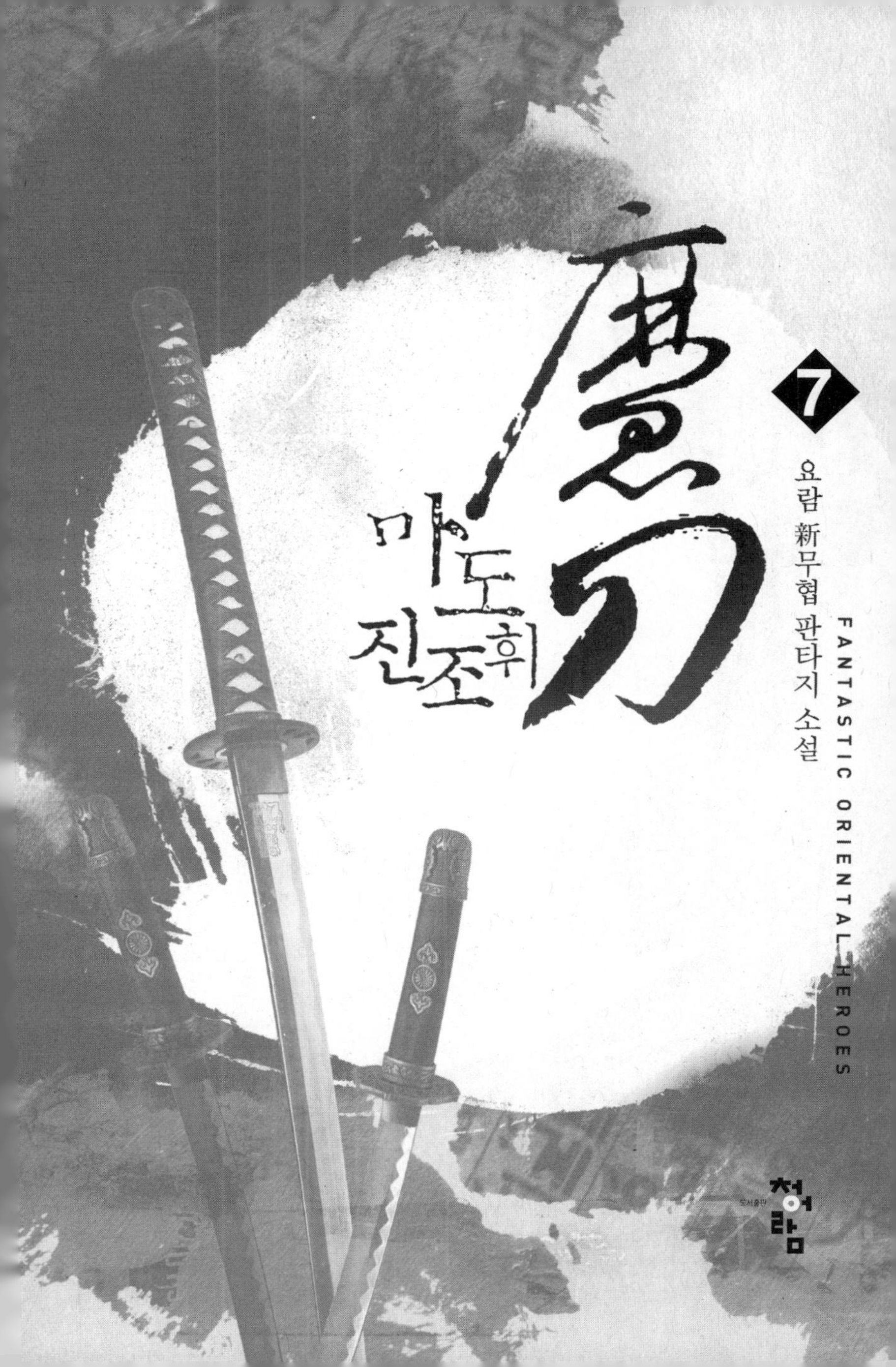
魔刀
7
요람 新무협 판타지 소설
FANTASTIC ORIENTAL HEROES
마도
진조휘
도서출판 청어람

目次

魔刀

마도진조휘

제60장
서문영의 마음

조휘가 물러가고 이화매는 조현승을 불렀다.

잠시 후 양희은이 데리고 온 조현승은 상당히 수척해진 모습이었다.

"앉지?"

"……."

말없이 이화매의 앞에 앉은 조현승.

그 순간 그의 기도가 좀 바뀌었다. 수척해진 얼굴은 여전하지만 눈빛에 맑은 정광이 깃들기 시작했다.

아주 빠른 기세 변환. 이화매는 그 이유를 알고 피식 웃음을 흘렸다. 조현승은 머리를 아주 잘 쓰는 자다. 그러니 아는 것이다.

지금 이 자리가 자신의 처우를 결정하는 자리라는 것을.

"다친 덴 없고?"

"네."

"가족들은? 도망치느라 체력도 많이 떨어졌을 거고 잘 먹지도 못했을 텐데."

"원 제독이 충분히 챙겨줘서 지금은 많이 좋아졌습니다."

두 번째 대답에는 감사의 마음이 진하게 들어가 있었다.

북경에서 내륙까지 깊숙이 갔다가 다시 남하를 해야 했던 이 길고 긴 여정 동안 잘 먹고 잘 지냈다는 것 자체가 말이 안 되는 소리다. 특히 광동에서는 정말 포기하고 싶을 정도로 한계에 다다랐다.

자식들은 아무리 잘 먹여도 너무 어려서 힘들었고, 처는 자식들에게 먹을 걸 너무 양보해서 문제였다.

그나마 자신은 괜찮았다.

단련이 되어 있는 육체이기 때문이다.

"그거 다행이네. 그대가 역모의 죄를 뒤집어썼다는 얘기도 듣고 원륭에게 서신도 받았지. 원륭이 뭐라고 했는지 아나?"

"……."

조현승은 이화매의 말에 대답할 수가 없었다.

한때 조현승과 원륭과의 사이는 좋았었다. 서로의 이념이 부딪치기 전까지는 말이다. 그러나 사제가 군을 나서 오홍련으로 간다는 소식을 전하러 찾아왔을 때, 조현승은 원륭을 때렸다.

무슨 말 같지도 않은 소리냐고, 나라의 잘못은 나라 안에서 바로잡아야 한다고, 외세를 빌려서는 절대로 안 된다고, 그런 명분으로 때렸다.

그 행동은 사형으로서 해서는 안 될 행동임에도 밖으로 나가 민생을 살핀다는 원륭의 말을 이해할 수 없었기 때문에 나온 행동이었다. 오히려 경멸스럽게 들렸기 때문이다. 이후 주먹질에 흐르는 피를 닦아낸 원륭의 말이 생각났다.

사형은 안에서, 저는 밖에서 십 년이 지난 후 누가 옳았는지 비교해 봅시다.

딱 그 말만을 남기고 원륭은 떠났다.

이곳 광동성에서 북경까지 올라와 그 말만을 남기고 바로 떠났다.

원륭이 떠나가고 후회의 마음이 들었다.

먼지를 잔뜩 뒤집어쓰고 왔으니 누가 봐도 도보로 왔다. 그런 사제에게 따뜻한 밥 한 끼 먹이지 못하고 가겠다는 원륭에게 썩 꺼지라고 소리쳤다.

오히려 꼴도 보기 싫으니까, 창피하니까 어디 가서 스승님의 제자라고 하지 말라고 소리쳤다.

그랬던 조현승은 이제 막 식을 올리고 함께 살기 시작한 임홍의 조언이 없었다면 후회라는 감정도 가지지 못했을 것이다.

이후 조현승은 들었다.

오홍련의 오함대 제독을 맡고 난 후 왜구를 철저하게 박살낸다는 사제의 소문을.

흉신악살 저리 가라 할 정도로 아주 철저하게, 풀 한 포기 남기지 않고 모조리 찢어 갈가리 태워 버린다는 사제의 소문을 듣고도, 그 결과 광동성의 백성들이 크게 걱정을 덜고 얼굴에 웃음꽃이 폈다는 소리를 듣고도 조현승은 자신의 사상이 잘못됐다고 생각하지 않았다.

아직 늦지 않았다.

아직 기회가 오지 않았다.

이런 헛생각을 하며 어울리지도 않는 진무 직에 머물러 있었다.

'내가 틀렸지…….'

정답은 원륭이 맞혔다.

현 황실은 답이 없었다.

썩어 빠진 현재를 고칠 가능성이 없었고, 그걸 하겠다고 우긴 자신이 병신이었다. 조현승은 철저하게 자신의 잘못임을 인정했다.

'진즉에 다른 방도를 찾아야 했어…….'

그러나 그걸 깨달았을 때는 안타깝게도 황실에 거대한 사기(邪氣)의 그림자가 짙게 드리웠을 때다.

그때 늦었다고 생각했고, 나섰다.

"생각이 길어."

"그동안 살아온 제 삶을 되짚어봤습니다. 사제가 뭐라고 썼을지… 그 안에 답이 있을 테니까요."

"별것 없어. 능력이 있으니 살려달라고 했지. 그게 다야."

"……"

"나도 그대가 능력이 있음은 이미 예전에 알아봤으니 움직인 거고."

"감사… 합니다."

조현승은 진심으로 이화매에게 감사의 인사를 전했다. 그녀가 움직이지 않았으면 본인과 가족의 목숨은 이미 없는 것이나 다름없었다.

자신만 해도 광주의 시전 거리에서 동창에게 잡히지 않았나.

혹시 살아날 수 있지 않았겠냐고?

절대로 없었다.

혹시나 하는 따위가 통할 상대가 아니었다.

오홍련이니까 동창을 그렇게 상대하지, 다른 집단 같았으면 이미 초가삼간에 주춧돌까지 전부 불타고도 남았다.

"감사는 무슨, 내 욕심에 구한 건데. 구명의 은을 줬으니, 부탁이 있어."

"……."

역시 이화매.

진심을 밝히는 데 매우 솔직하다.

"도와주지? 많은 걸 바라지는 않겠어. 훈련교관을 맡아줘."

"…거절하겠습니다."

"음? 뭐?"

이화매의 눈이 커졌다. 설마 거절할 거라는 생각은 못했기 때문이다.

이화매가 목을 삐딱하게 꺾었다. 의중이 뭔지 파악하기 위해서다.

잠깐 그 상태로 눈싸움을 하다 이번에도 이화매가 먼저 입을 열었다.

"이 상황에서 설마 아무것도 맡기 싫으니 그냥 보내달라고 할 생각인가?"

"그것도 아닙니다. 잘못됐음을 알았으니… 이제부터라도 바로잡아야겠지요."

"바로 잡는다……. 그래서 훈련교관을 부탁했는데?"

"……."

원륭은 다시금 고개를 저었다.

그리고는 이화매와 시선을 마주치는데, 맑고 밝은 정광이 가득 담겨 있는 눈빛이다. 그 눈빛에 이화매는 아, 하고 짧은 탄성을 흘린 뒤 씨익 웃었다. 그 웃음 뒤에 조현승이 입을 열었다.

"제대로 제 능력을 써보겠습니다. 저를 그 사람… 마도에게 붙여주십시오."

"후후후."

이거야, 원.

불감청이언정고소원이다.

이화매로서는 바라 마지않는다는 소리다.

"좋지."

이화매의 허락이 떨어졌고, 그걸로 공작대에 무력 말고 제대로 된 지력이 합류됐다.

그 효과가 어떻게 나올지 이화매는 벌써부터 궁금해지기 시작했다.

＊　　　＊　　　＊

출발 전날 밤, 은여령은 서문영을 찾았다.

그날 이후 말수가 극도로 사라진 그녀가 걱정되어서였다. 그녀는 자신의 방에 꾹 틀어박혀 있었다.

"저 은여령이에요."

문 앞에 서서 안으로 기별을 넣자 잠시 대답이 없더니 힘없는 목소리가 들려왔다.

"들어오세요, 언니……."

끼이익.

기름칠을 좀 해야 할 문을 열고 들어가니 은여령이 침상 앞에 앉아 있다.

조휘와 그날 마주치고 이제 삼 일이 지났다. 그동안 엄청 수척해진 서문영이다. 눈 밑이 퀭한 게 마치 병자처럼 보일 정도이다.

작은 탁자를 중간에 두고 앉은 은여령. 서문영이 일어나 찻잔을 하나 가져와 은여령 앞에 두고 주전자에서 차갑게 식은 차를 따랐다.

"죄송해요. 지금은 이것밖에 없어요."

"괜찮아요. 잘 마실게요."

후룹.

차는 식어 있지만 서문영이 다도(茶道)에 제법 조예가 있는지 깔끔한 맛이 났다. 살짝 텁텁하던 입안이 금세 개운하게 가셨다.

"어쩐 일이세요?"

"그냥, 서 소저 보러 왔어요."

"에이……."

후릅.

이번에는 서문영이 차를 한 모금 마셨다.

이후 정적이 흘렀다. 사실 은여령은 서문영을 찾아오긴 했지만, 지금 이 상황에 어떤 말을 해줘야 할지 갈피를 잡기가 힘들었다.

무인, 그래, 만약 무인이었다면 이렇게 고민하지는 않았을 것이다.

칼을 다루는 자가 볼에 검상 하나 입었다고 이리 의기소침해한다? 마보를 하루 종일 시켜도 부족하지 않을 잘못이다.

하지만 서문영은 무인이 아니었다. 강호에 적을 뒀으나 정확하게는 상인이지 무인이 아닌 것이다.

게다가 볼의 검상이 지금 서문영의 정신을 갉아먹고 있는 원흉이 아니라는 것도 안다. 고작 그 정도로 무너질 서문영이 아니었다.

철이 없다지만 그게 정신력으로 이어지진 않는다. 그건 그거고 이건 이거란 소리다.

어려서부터 서윤걸에게 제대로 배운 서문영이다. 검상으로는 무너지지 않는다.

그럼 진짜 문제가 뭘까?

진조휘.

자신의 호위 대상에게 가진 연정(戀情)이 문제였다. 그게 가장 큰 원흉이었다.

그녀의 나이 고작 스물.

방년을 지나 갓 스물이 된 여인에게 마음속에서 타들어가기 시작한 연모의 불꽃은 스스로 제어하기 매우 힘든 일이다.

그건 이미 같은 여인으로서, 인생의 선배로서 먼저 겪어본 경험이 있는 은여령이다.

"힘들죠?"

"네? 아, 그냥… 괜찮아요."

불쑥 들어간 은여령의 말에 바로 당황하는 서문영. 실내라 그런지 면사는 벗고 있었고, 당황해서 저도 모르게 볼을 긁다가 흠칫하고 크게 놀라는 걸 보고 은여령은 반 이상 확신했다.

볼에 남은 검상, 그리고 조휘의 대처는 그녀에게 심마로 남아버렸다. 마음을 갉아먹는 마귀가 된 것이다.

생각이 날 때마다 감정을 마구 흔들어 버리는.

그게 얼마나 위험한 일인지 은여령은 안다. 자신에게도 있다. 서창이라는 심마가.

사형제들을 죽음으로 밀어 넣은 서창이라는 기관은 떠올릴 때마다 수양이 깊은 은여령조차 살심을 바로 피워 올리게 할 정도이다.

그건 매우 위험한 일이다.

"아마 진 대주도 알고 있을 거예요. 서 소저가 자신을 좋아하는 걸."

"네? 아, 그… 진짜요?"

"네. 진 대주는 둔감한 사람이 아니에요. 그렇게 감각이 좋은 사람이 남녀 간에서만 둔할 가능성은 거의 없어요. 그리고 은연중 서 소저를 피하고 거리를 두려 한 것 기억해요?"

"네, 기억해요."

서문영이 그걸 기억 못할 리가 없었다.

놀아달라고 칭얼거리긴 했지만, 실제는 같이 있고 싶은 거였다.

아무 생각 없이 칭얼거린 게 아니라 그렇게 해서라도 같이 있고 싶던 거다.

하지만 단 한 번도 조휘는 서문영과 어울려 주지 않았다. 단 한 번도.

"진 대주는 알고 있었어요. 그래서 밀어냈어요. 자신의 일에 방해가 될 걸 아니까. 그리고 그 방해는 서 소저의 목숨이에요. 진 대주는 매우 위험한 위치에 있어요. 진 대주를 죽이고 싶어하는 이도 수두룩해요. 서창이나 동창에서는 아마 이 제독과 거의 비슷한 선상에 놓고 증오하고 있을 수도 있어요. 그런 상황에 서 소저가 마도의 연인이라는 게 어떻게라도 흘러나가면? 서 소저가 마도에게 중요한 사람이라는 게 흘러나가면? 그땐 걷잡을 수 없는 사태가 벌어져요."

"……."

"동창이나 서창은 악착같이 진 대주의 약점이 된 서 소저를 노리겠죠. 하지만 진 대주는 매번 작전을 수행할 것이며, 서 소저의 곁에 있어줄 수 없어요. 막아줄 수 없는 거예요. 그래서 그런 그래요. 아예 그런 일이 없게 할 생각인 거죠. 서 소저가 싫은 게 아니라 서 소저를 지키고 싶은 거예요."

"아……."

"그래서 그렇게 매정했던… 거예요."

서문영이 고개를 주억거렸다.

정말 그래서 그런 걸까?

그렇게 믿고 싶었다.

"그러니까 너무 마음 쓰지 말아요."

"고마워요."

"아니에요. 요 며칠 너무 힘들어하는 것 같아 이 얘기를 떠나기 전에 꼭 해주고 싶었어요. 일 년을 넘게 같이 있던 진 대주는 그렇게 모진 사람이 아니에요."

"에이, 그분 진짜 피도 눈물도 없는 냉혈한인데요?"

호칭은 그분이다.

그만큼 서문영의 가슴에서 조휘가 차지하는 비중이 컸다.

"그건 특정한 조건을 갖춘 자들에게만 그런 거고요. 자기 사람들은 악착같이 챙기는 그런 사람이에요."

"아, 그래요?"

"그럼요."

"그렇구나."

서문영은 웃었다.

조휘에게 그날 상처를 받고 난 뒤 처음으로 웃었다. 그녀의 웃음을 본 뒤 은여령은 남은 차를 다 마시고 일어났다.

"어, 벌써 가시게요?"

"저도 내일 떠나야 하니 준비를 해놔야죠. 다음에 또 봐요."

"아, 아쉽다. 네, 알았어요."

은여령은 그렇게 서문영의 막사를 나왔다.

밖으로 나오자 황곽이 앞에 서 있다.

서로 눈이 잠깐 마주치자 가만히 시선을 주고 받은 다음 황곽이 은여령을 향해 고개를 깊숙이 숙였다. 그 의미를 모를 은여령이 아니었다.

마주 예를 살짝 취한 은여령은 어느새 허리를 세운 황곽을 지나쳐 자신의 막사로 돌아왔다.

그러고는 바로 내일 떠날 준비를 시작했다. 무복과 내, 외상약을 챙기고, 그 외에 옷가지와 속곳을 챙기는데 이상하게 아프다.

"……."

가슴 어림이 이상하게 찌릿했다.

이 익숙한 고통.

"아직… 사형들, 소취 복수도 못했잖아. 그러니까 지금은 좀 뛰지 말아 줘. 제발… 부탁할게. 응?"

누구에게 한 말일까?

은여령은 저도 모르게 가슴속, 마음속에 태어난 감정에 이를 꽉 깨물어 겨우 진정시키고는 다시 짐을 챙기기 시작했다.

어쩌면 이 상황은 이미 예견된 상황이 아닌가 싶었다.

마도와 은성검이 항주에서 다시 만난 그날부터.

제61장
묵언(默言)의 후예

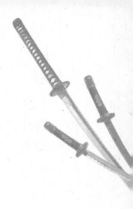

주산군도에 도착해 공작대 전체와 합류한 조휘는 하루를 쉬고 다음 날 다시 쾌속선을 타고 산동성으로 향했다.

목적지는 이미 한 번 가본 청도였다.

청도에 도착하자 선착장에 일단의 무리가 마중을 나와 있다.

배에서 내려 다가가자 이십 대 청년이 조휘에게 다가왔다. 미리 손에 쥐고 있던 명패를 건네며 자기소개를 하는 청년.

"화양(貨洋)상단을 이끌고 있는 화운겸(貨韻謙)입니다. 제가 태산까지 안내를 하게 됐습니다."

"반갑습니다. 진조휩니다."

"이쪽으로. 말을 준비해 놨습니다."

"네."

화운겸.

그의 얼굴은 솔직히 말해 아직 앳된 기가 가시지 않았다. 많이 봐줘야 이제 스물 전후 정도 될까? 이름을 보니 이영에게 당한 화운상의 아들 같았다.

그리고 무인이라기보다는 서생, 혹은 유생의 기질이 보인다.

그를 따라가자 말 오십 필이 한가로이 풀을 뜯어 먹고 있다. 공작대는 마차를 타지 않는다.

사방이 막혀 있어 불시의 기습에 대응하기 아주 나쁘게 때문이다.

"바로 출발하시겠습니까?"

"아닙니다. 슬슬 해가 질 시각이니 오늘은 청도에서 머물고 갈까 합니다."

"그러실 생각이면 오늘은 저희 상단에서 모셔도 되겠습니까?"

모시겠다…….

단어 선택이 굉장히 예를 갖추고 있다는 것이 느껴졌다. 조휘는 잠깐 화운겸을 바라봤다. 담담함을 유지하고 있으나 조휘는 보았다. 그 안에 섞여 있는 간절함을.

공작대를 상단에서 간절히 모시길 원한다?

조휘의 머리로는 답이 하나밖에 나오질 않았다.

"전대 상단주와는 무슨 관계셨습니까?"

"부친 되십니다."

"아, 역시. 알겠습니다."

조휘는 고개를 끄덕여 수락했다.

화양상단의 전대 상단주 화원상.

이영의 연기에 속아 독살당했다. 오홍련의 평가는 워낙에 인물이 유하다고 했다. 그렇기 때문에 이영에게 당한 것이다. 그런 부친의 복수는 조휘가 했다. 아니, 정확히는 은여령이 했다.

이영의 목을 직접 딴 게 은여령이니까.

그렇다면 그 은혜를 갚기 위해 화운겸이 이런 모습으로 나오는 게 이해가 됐다.

말을 끌고 화양상단으로 향하는 조휘. 그의 옆에는 화운겸이 서 있다. 뭐라 할 말이 있는 것 같은데 우물쭈물하고 있는 걸로 보아 이 청년도 부친의 피를 이어받은 것 같다.

상단까지는 멀지 않았다.

따로 화양상단 사람들이 말을 끌고 갔고, 넓은 장원의 연무장에 상을 가득 펴놓고 있다.

이미 준비를 해놓은 것이다.

"부디 부담 없이 즐기셨으면 감사하겠습니다. 이건… 돌아가신 아버지의 넋을 대신 기려주신 여러분에게 제가 해드릴 수 있는 유일한 일이에요."

"감사히 받겠습니다."

"부족한 것은 시녀들에게 시키면 뭐든 가져다 줄 겁니다. 그럼 부디 즐겁게 즐겨주시길……."

화운겸은 아직도 충격에서 가시질 않은 것 같았다. 축 처져 있는 느낌이 강해 보는 사람도 같이 처지는 느낌이다. 하긴 딱 보니 화원상이 변을 당하기 전까지는 공부를 했을 것 같은 사내다.

피부도 희고 손가락을 봐도 굳은살이 거의 없었다. 그야말로 부족한 것 없이 공부에 매진한 유생, 딱 그런 모습이다.

화운겸이 자리를 뜨고, 조휘는 적당한 곳에 자리를 잡았다. 다음은 상에 올라와 있는 음식에 시선을 줬다.

산해진미까지는 아니지만 정말 공을 많이 들인 상이다. 색감은 물론 식감, 맛의 조화에 영양까지 생각한 아주 훌륭한 상이었다.

"와, 이거 진짜 맛있어요!"

이화가 꼬치를 양손에 쥐고 감탄사를 내뱉었다. 입술 주변에 간장 양념이 잔뜩 묻어 있는데도 그걸 닦을 생각은 안 하고 우걱우걱 입에 집어넣기 바쁜 이화의 모습에 조휘, 은여령과 새로이 합류한 조현승도 먹다 말고 피식 웃고 말았다.

소녀의 모습에 저런 천진난만함이라니, 보기만 해도 마음이 정화되는 기분이다.

하지만 이 자리에 있는 모두가 알고 있다. 저런 천진난만함 속에 위지룡에 버금가는 저격 실력과 목도 한 자루로 뿔 하나짜리 적각무사쯤은 가볍게 두들겨 패는 실력을 지녔다는 것을. 그리고 작정하고 뿜어내는 기세는 피부가 따가울 정도로 살벌하다는 것도 알고 있다.

그렇다고 이 모습이 거짓된 건 아니었다.

그동안 본 결과,

'신기하게도 둘 다 이화의 모습이지.'

둘 다 본모습이었다.

천진난만함이 가득한 이화, 새파란 귀기를 불태우는 이화, 둘 다 본모습인 것이다.

"대주도 이거 하나 먹어봐요!"

얍!

마치 선심 쓰듯 이화가 건넨 꼬치를 잠깐 보던 조휘는 피식 웃고 그걸 받아 들었다.

"아주 고마워 죽겠네. 잘 먹을게."

"후후, 그죠?"

이화에게 받은 꼬치는 채소와 고기를 균형 있게 꽂아 양념을 묻혀 불에 구운 것 같았다.

크게 한입 빼어 먹는 조휘. 짭조름하면서도 달콤한 맛이 순차적으로 느껴졌다. 음식은 그냥 체력 보충, 원기 보충을 위해서만 섭취하던 조휘이다. 오홍련도 그렇게 음식을 거하게 차려 먹는 편이 아니다.

잘 나오는 편이지만 대량으로 만들기 때문에 웬만해서는 이런 느낌을 받기 힘들었다. 그런데 이건 아니었다.

"진짜 맛있네."

그래서 저도 모르게 불쑥 감탄의 말이 나왔다. 조휘의 감탄에 은여령도, 조현승도 손을 슥 뻗어 꼬치를 하나씩 잡았다. 그러자 이화의 '어, 어? 어어? 다 내 건데' 하는 투정이 들렸다.

이렇듯 저녁을 편하게 먹는 이유, 지금은 여유가 있었다. 단순한 서신 전달이라는 생각에서 나온 여유였다. 이화매가 이

번 일은 쉬울 거라고 한 것도 여유를 더욱 늘려주는 역할을
했다.

거북하지 않을 정도로 배를 채우고 나니 화운겸이 다시
조휘를 찾아왔다. 그의 옆에는 비슷한 연배의 여인이 서있었
다.

"잘 먹었습니다. 너무 맛있는 저녁이라 과식할 뻔했습니
다."

"맛있게 드셨다니 다행입니다. 이쪽은 제 처입니다."

"진조휩니다."

"한비연이에요."

한 씨, 처음 들어보는 성씨다.

하지만 그것보다 조휘는 굳이 지금 화운겸이 자신의 처를
소개하는 이유가 궁금했다.

그런 조휘의 심정을 눈치챘는지 재빨리 설명하는 화운겸이
다.

"제게 시집올 때까지 태산에서 살았던 처입니다. 태산까지
길 안내를 해줄 겁니다. 무관에서 자란 여인이라 체력은 저보
다도 좋은 편이니 걱정 안 하서도 될 겁니다. 하하!"

마지막엔 살짝 창피한 감정이 든 웃음이다.

고개를 끄덕인 조휘는 화운겸의 처를 바라봤다. 확실히 단
련을 하긴 했는지 어깨선이 달랐다. 남편인 화운상보다도 발달
된 어깨. 전체적인 선만으로 대충 가늠해 보자면 은여령에 비
해 전혀 꿀리지 않았다. 그러니 체력적으로도 문제는 없을 것
같았다.

"잘 부탁드립니다."

"잘 부탁드려요."

짧게 답을 한 후 조휘는 다시 화운겸에게 물었다.

"같이 안 가십니까?"

"죄송합니다. 지금 당장 처리해야 할 일이 생겼습니다. 꼭 은공들을 모시고 싶었습니다만… 시급한 일인지라 지금 바로 가봐야 할 것 같습니다. 정말 죄송합니다."

"……."

아아, 그래서 신뢰의 의미로 한비연이 나온 것이다. 자신이 안 가면 의심을 살 테니 말이다. 처음에 길 안내를 한다고 했고, 갑자기 사정이 생겨 같이 못 간다고 하면 누구든 의심하게 마련이다.

스윽.

그때 갑자기 은여령이 조휘의 옆으로 다가와 섰다. 그 자리는 한비연에게서 조휘를 막는 절묘한 위치였다. 은여령의 행동에 조휘는 물론 공작대 전체가 움직였다. 은여령의 임무는 오로지 조휘의 호위.

그런 그녀가 조휘를 호위하는 위치에 섰다?

그것도 한비연이라는 화운겸의 처에게서?

이건 전혀 예상 못한 전개였다.

"대단하시네요. 내공을 극한으로 돌려야 겨우 눈치챌 정도라니……."

은여령의 입에서 흔들리는 목소리가 흘러나왔다.

'뭐냐, 이 전개는?'

툭.

은여령이 팔꿈치로 조휘의 옆구리를 쳤다. 그 신호에 조휘는 바로 두어 걸음 뒤로 물러났다. 물러나며 바로 풍신에 손을 대는 조휘.

"설명을 좀 해주지?"

"무인이에요. 그것도 내력을 익힌."

"……."

그 말에 조휘는 바로 침묵했다.

내력? 무인?

그 단어에 놀란 게 아니다.

은여령의 말은 곧 사실인데, 자신은 아무것도 느끼지 못하고 저 앞에, 발을 뻗으며 칼을 찔러 넣으면 목이 뚫릴 거리에 섰다.

적의가 있었다면?

조휘의 목에 어쩌면 구멍이 뿡 하고 뚫려 바람이 삥삥 불었을지도 모른다.

조휘는 바로 화운겸을 바라봤다.

갑작스러운 전개에 놀랐는지 그는 사방을 마구 살펴보고 있었다.

기가 질린 채였고, 눈동자는 대체 왜? 갈피조차 잡지 못하고 있었다.

'저것도 연기?'

의심스럽다.

은여령의 말 때문에 모든 게 다 의심스럽다.

조휘는 다시 한비연을 바라봤다.

조용히 침묵하고 있는 한비연.

그녀는 은여령의 눈을 침착한 기색으로 바라보고 있었다. 하지만 조휘가 보고 싶은 건 그게 아니었다.

'무인이라고? 그것도 내력을 익힌?'

아무것도, 정말 아무것도 느껴지지 않았다.

내력은커녕 그냥 육체 단련을 좀 한 여인으로밖에 느껴지지 않았다.

조휘의 감은 좋다.

그런데도 정말 하나도 안 느껴진다. 그렇게 조휘의 감각을 벗어난 이유는 당연히 있다. 은여령이 그랬다.

극한으로 내력을 돌려 활성화된 감각으로 겨우 잡아냈다고.

이게 조휘와 은여령의 차이였다.

조휘가 그런 생각을 할 때, 한비연이 불쑥 입을 열었다.

"아, 이건 곤란해요. 곤란해……."

곤란하다고?

대체 뭐가 곤란하다는 말일까?

그 말에 조휘는 물론 공작대 전체, 이 상황을 지켜보는 모두가 의문을 가지는 순간 한비연이 갑자기 입술을 달싹거렸다.

흠칫!

그러자 갑자기 은여령이 어깨를 부르르 떨더니 발검했다.

스르릉!

슈아악!

이어 내력까지 실린 순속의 검격을 한비연에게 뿌렸다. 조휘도 막지 못할 정말 고속의 검격이다.

그런데 한비연은 그걸 한 발자국 물러나는 것으로 피해 버렸다.

소리조차 뒤이어 따라올 정도로 쾌검인데 그걸 피했다. 그 결과 조휘의 입이 저절로 벌어졌다.

"피했… 다고?"

한비연의 회피는 조휘를 혼란스럽게 하기 충분하다 못해 아주 차고 넘쳤다. 은여령이 설마 위협을 목적으로 베이지도 않을 간격으로 그었나?

아니었다.

간격으로 보아 저 거리면 한비연의 가슴부터 머리까지 쫙 갈라져도 이상하지 않을 거리였다. 왜? 한 발자국 나아가며 그었으니까.

그런데 피했다.

이건 이해가 안 가는 상황이다.

이걸 이렇게 피해내는 사람은 조휘가 아는 한 딱 한 사람, 아니, 한 개새끼밖에 떠오르지 않았다.

적무영.

그 새끼라면 은여령의 쾌검을 저렇게 피할 수도 있을 것이다.

'설마 변장? 아니야……'

머리부터 발끝까지 골격 자체가 달랐다. 두상의 크기도 다르다. 인피로 어떻게 할 수 있는 게 아니란 소리다.

한비연은 뒤로 두 걸음 더 물러나서 품에서 동그란 패 하나를 꺼내 은여령의 앞에 던졌다.

은여령도 혹시 몰라 한 걸음 더 물러나 패에 시선을 뒀다.

"아……."

그 뒤에 나오는 짧은 탄식.

조휘도 패에 시선을 줬다.

"묵언……?"

전혀 예상치도 못한 단어가 입 밖으로 흘러나왔다.

상실 시대의 단어. 비천, 광검, 그리고 묵언(默言).

전설의 파편이 너무나 갑작스럽게 마도의 눈앞에 갑자기 나타났다. 묵언의 패를 던진 한비연이 한탄스럽게 중얼거리는 소리가 조휘의 귀에 흘러들어 왔다.

"아, 망했다……."

"……."
"……."

다섯 사람이 앉아 있고, 열 사람이 서 있는 내실. 아주 불편한 침묵이 감돌고 있다.

화운겸은 빠졌다.

그는 정말 급한 일이 있다더니 장내 상황이 정리된 후 복잡한 얼굴로 자리를 떴다. 떠나기 전에도 계속 한비연과 은여령을 번갈아 바라보는 게 정말 걸음이 떨어지지 않는 것 같았다.

그걸 한비연이 웃는 낯으로 억지로 떠밀어 내보냈다. 괜찮으니까, 정말 괜찮으니까 얼른 가서 급한 일을 처리하라고.

그 정도인 걸로 봐서 아마 지금 그가 처리해야 할 일은 진짜 시급을 요하는 일 같았다.

그래서 내실에 앉아 있는 사람들은 조휘와 오헌, 조현승, 그리고 은여령과 한비연이다. 나머지 서 있는 인원은 전부 화양상단의 관계자들이다.

그들은 안절부절못했다. 무려 오홍련의 인사들. 이들은 조휘와 공작대가 어떤 일을 하는지 잘 모르지만 그래도 총제독의 이름으로 태산까지 안내를 부탁할 정도면 결코 본부 안에서도 직급이 낮지 않다고 생각하는 것 같았다.

그러니 저렇게 쩔쩔매는 건 어쩔 수 없었다. 화양상단의 관계자 중 유일하게 괜찮은 사람은 한비연 혼자였다. 그런 그녀가 먼저 침묵을 깼다.

"다 나가보세요."

불쑥 나온 말에 화양상단의 인물들이 흠칫 놀랐다.

"그, 그건 안 됩니다! 어찌 가모님 혼자 두고……."

"괜찮으니까 나가시라니까요!"

"가, 가모님!"

"아, 진짜……."

처음에 보여준 기품은 어디에 팔아먹은 걸까? 명가(名家)에서 자란 여인처럼 다소곳하던 모습은 이제 온데간데없었다.

"나가랄 때 나가요, 좀."

"아, 안 됩니다!"

나이 지긋한 문사가 절대로 안 된다며 버텼다. 그러자 한비연이 은여령을 바라봤다. 얘기를 하고 싶으면 어떻게 좀 해달라는 눈빛에 은여령은 조휘를 바라봤다. 그 일련의 행동에 나선 이는 조현승이었다.

"걱정 말고 나가셔도 됩니다. 문을 열어둘 테니 좀 멀찍이 떨어져 지켜보셔도 됩니다."

"하, 하지만……."

"총제독의 인장을 꺼낼까요?"

"아, 그렇게까진……."

"그럼 양해 좀 부탁드립니다."

"…알겠습니다."

결국 노문사가 물러나자 화양상단 관계자들이 썰물처럼 빠져나가기 시작했다. 그들이 나가자 한비연이 탁자에 철퍼덕 엎드렸다. 그 모습에 조휘는 어째 머리가 지끈거리기 시작함을 느꼈다.

예의? 아주 엿 바꿔 먹은 모습처럼 보였지만 조휘야 워낙에 그런 걸 신경 쓰지 않는다. 머리가 지끈거리는 이유는 그녀의 정체 때문이다.

묵언(默言).

그녀가 던진 명패에 적힌 단어이다.

"언니 때문에 다 망했어요……."

"……."

언니?

은여령에게 하는 말이다.

한비연의 나이는 많이 잡아줘야 서문영보다 두어 살 많은 정도로밖에 안 보였다. 그러니 조휘와 동년배인 은여령이 언니가 되는 건 맞다. 하지만 언니라고 할 만큼 친분이 있었나? 아니었다. 오늘 처음 만났고, 만나자마자 칼부림을 한 사이다. 그러니 흉흉한 기세를 피워 올렸으면 올렸지 언니라고 부를 사이는 아니었다.

"으으, 잘 숨기고 있었는데……."

"화 상단주는 모르나요?"

"그럼요……. 모르죠. 아무것도 모르죠. 그냥 제가 무관 집안의 딸이라고만 알고 있는 걸요. 근데, 근데……."

쿵!

벌떡!

상체를 세운 한비연이 은여령을 그렁그렁한 눈으로 노려봤다. 나쁜 의도가 담긴 눈빛은 아니었다. 원망과 실의가 아주 적절하게 섞여 있는 눈빛이었다.

"문주님에게 들은 것과 아주 똑같네요."

"백검문주께서 뭐라고 하셨는데요?"

"비천의 후예는 바위처럼 진중하고, 광검의 후예는 야차처럼 사납고, 묵언의 후예는 바람처럼 거침이 없다."

"…아주 적절한 설명이네요."

"그러게요. 사실 와 닿지 않았는데 한 소저를 보니 금세 이해가 됐어요."

"언니는 그렇겠지만 전 다 망했어요. 으으……."

"끝까지 숨길 생각이었나요?"

"그럼요! 내가 묵언의 후예다! 그걸 어떻게 말해요?"

"아……."

조휘는 이해를 못 했다. 그런데 은여령은 대번에 이해하고 고개를 끄덕였다. 머리가 또 지끈거렸다. 대화를 도대체가 따라갈 수가 없었다. 무슨 대화를 하고 있는 건지 이해가 하나도 안 됐다.

비천? 비천은 아마도 비천성을 말하는 것 같았다. 그건 이번 임무의 목적이니 알 수 있었다. 근데 광검과 묵언? 들어본 적도 없다.

"저기, 은 소저, 알아듣게 설명 좀 해주면 안 되겠나?"

"네, 이분은 묵언의 후예세요."

"……."

참 알아듣기 쉬운 설명이다.

한비연이 옷매무새를 고치고 정식으로 인사했다.

"후, 다시 소개할게요. 묵언의 후예 한비연이에요."

"…진조휩니다. 일단 그 묵언이란 것부터 설명해 주시면 좋겠습니다만."

"상실 시대에서 살아남은 몇 안 되는 문파라고 생각하시면 이해하기 쉬워요."

"상실 시대……."

조휘는 상실 시대에 대한 지식이 별로 없는 상태이다. 근데 이건 조휘뿐만이 아니라 거의 전부가 그랬다. 열에 아홉, 아니, 백에 아흔아홉이 모르는 정도가 아니라, 십만에 구만 구천구백구십구가 모른다. 딱 십만의 사람 중 한 사람이 제대로 알까 말까 하단 소리다.

그만큼 그 시대의 지식을 보유한 이는 극소수였다.

묵언(默言).

상실 시대를 만든 어떤 세력에 끝까지, 정말 마지막까지 저항한 권제(拳帝)의 후예들, 그리고 세인들의 기억 속에서조차 사라진 옛 강호의 중심이던 소림(少林)의 무학을 아주 극소수나마 잇고 있는 이들, 그게 바로 묵언의 후예이다.

물론 이러한 것들은 극비이며 은여령도, 한비연도 조휘에게 말해줄 수는 없었다. 왜? 말 그대로 극비니까.

오직 그때 당시 맥을 유지한 이들끼리만 공유하는 극비.

"내가 가야 할 비천성과 연관이 있는 건가?"

"네. 전부 다 설명해 줄 수는 없어요. 하지만 그래도 간략히 설명하자면……."

"일단 해봐."

"네. 우선 비천성에 대한 설명부터 할게요."

그녀의 대답에 이야기를 듣겠다고 자세를 고쳐 잡는 조휘. 오현과 조현승도 자세를 바로잡았다. 그 이후 설명을 시작하는 은여령. 그녀의 설명은 이랬다.

*　　　　　*　　　　　*

비천성(飛天城).

세인의 기억 속에서 강제로 지워진 무제(武帝)의 성. 그녀는 비천성이란 단어를 그 옛날 선덕제 시절 찬란하게 꽃피었던 강호상에 한 무인의 별호를 딴 것이라고 했다. 물론 민간에 자세한 것들은 입으로도 전해지지 않았고, 문자로도 남아 있지 않았다. 상실 시대가 진정된 후 그 시대를 치욕으로 여긴 역대 황제들이 강제로 그 시대 자체를 지워 버렸기 때문이다. 당장은 힘들었지만 일 년, 이 년, 십 년, 이십 년, 백 년이 넘어가니 상실 시대 자체를 아는 사람은 극소수만 남았고, 그 극소수조차 다시 시간이 지나며 세상을 등지고 타계하면서 거의 다 지워졌다.

무(武)의 상실 시대.

한 시대에 존재하던 무공이 구 할 구 푼 이상 지워져 버린 어처구니없는 시대. 흉수가 누군지는 그 누구도 모른다. 황실의 서고에서조차 아예 지워졌다. 상실 시대를 기록한 모든 서적은 선덕제 이후 황제들이 한마음 한뜻으로 모조리 불태웠다. 아무것도 남지 않았고, 그래서 아무도 모른다.

심지어 그 시대에서 살아남아 맥을 유지한 이씨세가에도 남아 있지 않은 상황이니 말해 뭐 할까. 이화매가 아는 것도 단지 부친이 어릴 적 자장가처럼 말해준 것이 전부였다. 그것도 나중에 커서야 그게 동화가 아닌, 실제 역사였다는 것도 알았고.

비천성.

어쨌든 그곳은 그런 상실 시대의 맥을 유지한 정말 몇 안 되는 단체 중 하나였다. 아니, 단체라고 말하기도 애매한 게, 그곳은 활동을 안 했다. 단어 그 자체로 성내에서 농업과 농업에서 나오는 식량으로 필요한 물건들을 구매하며 생계를 유지했다. 거짓말 같지만 그토록 오래 이어져 오던 비천성은 정말 그렇게 살고 있었다고 이화매는 보고를 받았다. 하지만 이화매는 알고 있었다.

만력제도 손을 못 대는 곳 중 하나가 바로 비천성임을.

오십 인 내외가 살고 있는 비천성은 황실의 시선으로는 완전한 금지(禁地)였다. 선덕제 이후 긴 세월 동안 거의 모든 황제들이 한 번씩은 시도했다. 비천성을 명(明)의 성으로 복속시키려 무던히도 노력했지만 단 한 번도 성공된 사례는 없었다. 외성도 넘지 못했으며, 금의위, 동창의 요원들이 나섰지만 성을 타넘는 건 성공해도 살아 돌아 나온 자는 한 명도 없었다. 그러한 시도는 만력제 전전 황제까지 이어졌고, 이후 비천성은 황실의 입장에선 금지가 되었다.

쳐다보지도 말 것이며 건드리지도 말아야 할 금지.

물론 금지가 비천성만 있는 건 아니었다.

긴 세월 동안 이름이 바뀌었지만 광검문과 묵언문 또한 황실이 넘볼 수 없는 금지였고, 백검문 같은 강호의 패자들도 절대 손을 안 대는 세 곳은 이화매 정도 되는 위치에 있어야 그나마 사정을 조금이나마 알 수 있는 곳이었다.

세인들은 그런 성이 있는지도 모른다.

방문할 수도 없고, 몰래 들어갔다고 하더라도 돌아 나온 자는 없으니까.

어쨌든 이런 무시무시한 곳이 조휘가 찾아가야 할 곳이었고, 조휘는 그걸 이제야 알았다.

"쉽다더니 어째 그 설명을 들으니 하나도 안 쉬워 보이는군."

"이해해요. 하지만 제독은 서신만 전하라고 했어요. 서신만 전해준다는 가정을 하면 그리 어렵지는 않을 거예요. 어쩌면 약속이 되어 있을 수도 있고요."

"그렇다면 다행이고."

조휘는 두둑두둑 소리를 내며 목을 풀었다.

몸이 불편해서? 그런 것도 있지만 이건 준비였다. 혹시 모를 일에 대한 준비. 언제나 몸을 최상의 상태로 풀어놓는 조휘이다. 하지만 장내의 인물들에게 조휘의 행동은 답답함에 나온 행동처럼 비춰졌다.

"그럼 한 소저는? 묵언의 후예라는 분이 어째서 이곳에 있는 겁니까?"

"그야 당연히 가가를 따라왔지요."

"……."

조휘는 빤히 한비연을 바라봤다.

묵언의 후예.

솔직히 조휘의 입장에서는 그리 와 닿지 않는 설명이다. 상실 시대? 알 게 무엇이냐는 심정이다. 지금 당장 조휘에게 중요한 건 은여령이 내력까지 사용한 일검을 피할 정도의 실력자가 자신이 있는 이 장소에 있다는 점이었다. 우연과 필연. 조휘는 둘 다 믿는다. 그렇기 때문에 한비연의 존재는 이상하게도 껄끄러웠다. 그런데 웃기게도 한비연의 눈빛에는 진심이 가득했다.

정말 화운겸을 사랑해서, 그래서 그를 따라 화양상단의 안주인이 되었다는 진심이 가득해 보였다.

'이걸 믿어야 되나?'

그래서 조휘는 다시 은여령을 바라봤다. 이런 상황에서는 자신 말고 은여령이 훨씬 잘 알 것 같았기 때문이다.

"이상할 것도 없어요. 백검문만 해도 혼인을 못 하게 하는 건 아니거든요. 사랑하는 사람이 있으면 그 사람을 사랑해도 하등 이상할 게 없어요."

"그래."

은여령이 말하니 이해가 된다.

화운겸, 잘 모르는 사람이다. 오늘 처음 봤으니까. 하지만 그에게 한비연이 반할 만한 어떤 매력이 있는 것뿐이다. 이상하게 생각하지 말자. 괜히 상황을 꼬아서 생각하지 말자고 조휘는 생각했다.

"그럼 대충 상황은 해결⋯⋯."

그래서 끝내려고 하는데 갑자기 밖이 소란스러워졌다. 한비연이 벌떡 일어나 밖으로 튀어나갔다. 은여령이 옆에서 피 냄새라고 작게 중얼거렸다. 조휘도 얼굴을 굳혔다. 이건 무슨 일이 터진 거다. 밖으로 나와 보니 한비연은 벌써 저만치 달려가고 있었다. 그가 멈춘 곳은 쓰러진 무사의 앞.

팔 한쪽이 어깨부터 잘렸고, 복부에 깊은 검상을 입은 무사였다. 얼굴이 기억이 난다. 분명 화운겸과 같이 떠난 호위무사였다.

"사, 상단주님이⋯⋯."

"⋯⋯."

한비연의 앞에서 그 말을 끝으로 잡고 있던 생명줄을 놓아버린 무사. 그 무사의 모습을 보던 한비연의 기세가 일변하기 시작했다. 지금까지 아무것도 느껴지지 않았는데 물이 끓는 것처럼 서서히 올라가더니 이내 폭풍처럼 거칠어지기 시작했다.

팡!

이후 지면이 움푹 파일 정도로 거칠게 신형을 날리는 그녀. 이름처럼 그녀는 하늘을 날아 담 너머로 사라졌다.

조휘는 그녀가 사라지는 모습을 보며 생각했다.

'역시…….'

지랄 맞은 운명은 뭐 하나 쉽게 풀어주는 법이 없었다.

제62장
함정(陷穽)

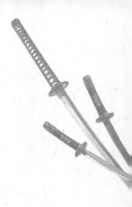

삑!

낮은 호각 소리.

"뒤쫓아 간다. 은여령! 따라붙어!"

"네!"

화양상단은 오홍련 청도지부이다. 원래는 음지에 있었지만 이전 이영의 사건으로 이미 양지로 모습을 드러낸 상단이다. 그러니 지켜야 할 곳이다. 흉수? 누가 있을까? 오홍련을 건드릴 놈이. 중원 천지 전부 뒤져봐도 딱 한 군데밖에 없었다.

황실(皇室), 그리고 적무영.

자금성에 사는 그 새끼들뿐이다. 이건 놀랍지 않았다. 한비연의 존재는 분명 엉뚱 맞아서 이해도 안 가지만, 황실의 개들이 툭 튀어나온 지금 현실은 절대 놀랍지 않았다. 말했지만 전쟁은 분명 더 심화 단계로 들어섰다. 언제 어디서 피가 튀고 팔다리가 날아가는 전투가 벌어져도 전혀, 절대 놀라운 일도 아니고 이해 안 가는 일도 아니라는 소리다.

은여령이 몸을 먼저 날리고 그 뒤로 이화가 뒤따랐다. 조휘는 세 번째였다. 그 뒤로 줄줄이 공작대가 따라붙었다.

갑작스러운 전투 개시지만 애초에 이런 상황을 대비해 키운 게 공작대다. 놀라는 이는 하나도 없었다.

충원된 공작대는 총 칠십. 최초에 오십보다 이십이나 더 충원했다. 규모가 커졌으니 전투력도 당연히 올라갔다.

은여령은 벌써 까마득히 멀어져 있었다.

"아따, 더럽게 빠르네!"

장산의 외침에 조휘도 공감했다. 은여령은 벌써 점이 되어 있었다. 그럼 한비연은? 아예 보이지도 않았다. 날듯이 담장을 넘어 사라진 이후 어디 있는지, 어디까지 달려 나갔는지 파악조차 불가능했다. 저 멀리 있는 은여령이 없으면 아예 쫓지도 못할 정도의 속도였다. 그 옛날 경공술이란 게 있다고 하던데 정말 그런 종류의 무공을 익힌 게 아닐까 싶을 정도로 한비연은 빨랐다.

흠칫!

'살기!'

매복이 있었다.

게다가 이건 뭘까, 불길함이 뒷골을 타고 흐르다 못해 목덜미를 뚫고 들어온 것 같았다. 조휘에게 이런 종류의 불길한 감각을 선사할 수 있는 기습 공격 종류는 몇 개 안 된다. 게

다가 일직선으로 내달리고 있는 상황이라면? 총이나 석궁처럼 원거리 공격밖에 없다.

"산개!"

파바바박!

조휘의 말이 떨어지기가 무섭게 공작대가 비산했다. 전후좌우는 물론 팔방으로 몸을 날렸다.

탕! 타다다다당!

동시에 숨어 있던 적이 쏘는 총소리가 청도의 밤하늘을 갈랐다.

땅!

쌍악을 교차해 얼굴을 막으며 구른 조휘는 진동 때문에 손바닥에 남은 저릿한 감각을 느끼며 이를 악물었다.

죽을 뻔했다.

쌍악을 교차해 얼굴을 안 가렸으면 탄이 그대로 얼굴을 꿰뚫었을 것이다. 그대로 이승을 하직할 뻔했단 소리다.

이를 악문 조휘는 지금 이 기습이 준비된 것임을 알아차렸다. 그게 아니라면 어떻게 정확히 조휘부터 시작해 후미를 기습할 생각을 했겠나. 무조건 이건 준비된 기습이었다.

'첩자?'

정보가 샜다.

조휘와 공작대가 청도, 그것도 화양상단에 있다는 정보가 분명 어딘가에서 샜다. 물론 지금 당장은 그게 화양상단에서 샜던 오홍련에서 샜던 전투보다 중요한 건 없었다.

"대주!"

근처에 있던 중걸이 조휘를 불렀다. 조휘는 중걸에게 시선도 주지 않고 짧게 명령을 내렸다.

"그대로 각개격파해! 총소리를 보아 적은 이십에서 삼십 내외! 분명 동창이나 서창의 개들일 거다! 그리고 조심해! 이놈들, 은여령도 못 알아차리고 지나쳤어! 직졸급은 절대 아니다!"

"알겠습니다!"

중걸이 고개를 끄덕이고 움직이기 시작하자 조휘도 움직였다. 움직이며 잡히는 시야 속에 쓰러진 공작대원들이 보였다. 그래, 전부가 다 피하지는 못했던 거다. 매캐한 화약 냄새에 피 냄새가 섞여 있다.

저 멀리 가장 후미 쪽에 갓 들어와 처음 작전에 나온 공작대원이 보였다. 저기 저렇게 허무하게 쓰러지려고 그 극한의 훈련을 견뎌내며 공작대에 편입된 건 절대 아닐 것이다. 공작대의 훈련은 그야말로 지옥 난이도(難易度)에 가깝다. 한눈파는 순간 어디 하나 제대로 박살 나는 훈련이 대다수이고, 몇몇은 진짜 목숨을 내놔야 하는 그런 훈련 과정도 있었다. 그런데 그런 훈련을 뚫고 공작대에 편입됐는데 저기 저렇게 누워 있다.

완전 개죽음이다.

으득!

그러니 열불이 터졌다.

끝나는 순간 정보를 유출한 새끼의 목을 비틀어 찢어버리겠다는 맹세가 저절로 가슴 깊이 새겨졌다.

하지만 그 이전에 이곳의 정리가 먼저다. 한비연? 은여령이 따라갔다. 걱정 안 해도 될 것 같다. 솔직히 은여령 하나면 동창이나 서창 직졸 몇 십은 상대할 수 있을 테니까. 게다가 이놈들은 모르겠지만 한비연은 실력을 숨긴 무인이다. 못해도 은여령급. 그러니 그쪽은 걱정 안 해도 될 것 같다.

'그러니까… 여기만 정리하면 된단 소리지.'

사삭.

어둠을 가르고 움직이자,

타앙!

퍼걱!

곧바로 사격이 날아왔다. 조휘를 맞추지는 못하고 바로 옆 나무판자만 맞추고 바닥에 처박힌 탄. 솜털이 일시에 곤두섰다.

'이 새끼들 봐라?'

자신의 움직임을 잡아서 사격을 가했다.

원래 총이라는 게 심지를 당겨 좀 시간이 걸려야 하거늘 정확히 조휘가 움직인 순간을 노려 바로 총을 쐈다. 우연일까? 운 좋게 심지를 붙이고 대기하는데 거기로 조휘가 딱 움직인 걸까?

'그럴 리가……'

뭔가 다른 방법을 썼다는 소리다.

소름이 훅 올라온다.

그러고 보니 아까 기습 때도 그랬다. 조휘가 산개 명령을 내리는 그 순간 바로 공격이 이어졌다. 이것도 운이 좋아서? 이

딴 운은 절대 안 믿는 조휘다. 곧 노렸다는 뜻이고, 그 순간을
노릴 방법이 존재한다는 소리도 된다. 오홍련도 자체 개발부가
있다 그러니 황실이라고 없을까? 분명 있을 것이고, 저 총은
따로 개량되어 나온 총이 분명했다.

'선택해야 돼.'

그냥 싸워?

아니면 빠져?

공작대도 홍뢰가 있다. 하지만 지금 상황에서는 총에 확실
히 밀린다. 왜냐? 서로 은폐, 엄폐 중이기 때문이다. 총소리로
적의 위치를 잡고 홍뢰를 쏴도 아주 정확히 맞춰야 한다. 몸에
다가 직접. 하지만 총은 이런 나무판자쯤은 가볍게 뚫어버린
다. 이게 지금 진짜 불리한 상황이라 할 수 있는 이유다.

조휘는 바로 다시 수신호를 보냈다. 일단 정지. 움직이지 말
고 현 상태에서 대기. 빠르게 수신호가 퍼지고, 조금씩 움직이
던 공작대가 전부 멈췄다. 괜히 움직이다간 온몸에 구멍이 뚫
릴 상황이다.

불쑥 튀어나온 놈이 보였다.

퍼걱!

그리고 대가리가 혹 젖혀졌다. 놈이 총구를 앞으로 들이밀
자 위지룡이 바로 저격해 버린 것이다. 이후 위지룡은 바로 몸
을 굴렸다.

따다당!

세 번의 총소리가 연달아 울렸다.

푹! 푸북!

위지룡이 숨어 있던 자리에 여지없이 탄이 박혔다. 아주 정밀한 사격이다. 게다가 시간차도 거의 나지 않는 즉시 사격. 이건 위험했다. 조휘의 머릿속에 경종이 마구 울리기 시작했다.

후퇴가 답이다, 이건.

그래서 퇴각 명령을 내리려는 찰나, 조휘의 시선에 도로에 쓰러진 공작대원 하나가 꿈틀거리는 게 보였다. 아직 살아 있었다.

그래서 올라가던 손이 멈칫하다가 다시 내려왔다. 동료를 버리고 간다? 솔직히 말해 조휘의 사상으로는 가능했다. 하지만 타격대에서도 그러지 않았다. 동료들의 신뢰가 자신의 생존율에 직접적인 영향을 끼친다는 걸 아주 잘 알고 있기 때문이다. 지금도 마찬가지다. 자신만 봤을까?

'절대 그럴 리가 없지.'

공작대원들의 시력은 좋다.

분명 꿈틀거린 동료를 봤을 것이다. 버리고 가면 신뢰에는 실금이 갈 것이고, 그 실금은 점차 벌어져 거대한 균열을 만들어낼 것이다.

위지룡이 조휘를 보고 수신호를 보냈다.

자신이 악도건과 함께 움직여 주의를 끌 테니 동료를 구해달라는 신호였다. 조휘는 즉각 고개를 저었다. 위지룡과 악도건의 발은 빠르다. 그건 안다. 하지만 저놈들은 지금 신형, 혹은 개량형 총을 가지고 있다. 그러니 모를 일이다. 홍뢰로 화망을 조성하는 것처럼 놈들도 그럴 수 있었다. 게다가 일반 직졸들이 아니다. 능력이 어느 정도인지 아직 파악도 안 된 상황이니 둘이 움직이는 건 너무나 위험했다.

그렇게 시간은 속절없이 흘러가는데도 조휘는 아직 선택을 내리지 못했다. 쓰러져 꿈틀거리는 동료, 현 상황은 매우 위험.

'빌어먹을.'

동료는 구해야 한다.

절대로 놓고 갈 수는 없다는 소리다. 하지만 구할 방도가 마땅치 않았다. 위지룡이 다시 작게 신호를 보내왔다. 자신이 움직이게 해달라는 신호이다. 조휘는 단박에 다시 고개를 저었다. 절대로 못 내보낸다.

조휘가 허락할 수 있는 한도 내를 한참 벗어났다.

푹!

그때 갑작스럽게 관통 소리가 들렸다. 딱 들어도 안다. 저게 화살이 육신을 관통했을 때 나는 소리라는 것을. 지겹도록 들은 소린데 어떻게 모를까. 조휘는 이 소리에 정신이 번쩍 들었다.

공작대가 저격을?

아니었다.

자세를 바짝 낮추고 아무도 움직이지 않고 있었다. 자신이 그러라고 명령을 내렸으니까 그걸 어길 놈은 없을 거다. 그렇다면? 다른 사람이 개입한 것이다. 조휘는 개입할 만한 이가 누군지 바로 알아차렸다.

이화.

그녀밖에 없었다.

조휘는 바로 위지룡과 악도건을 바라봤다. 이런 작전에서는 역시 그 둘과 가장 합이 잘 맞기 때문이다.

"······."

"······."

말없이 서로를 바라보지만 손으로 수도 없이 많은 내용의 작전 지시가 오갔다. 신호를 주고받은 뒤 둘은 다시 공작대 전체에 신호를 보냈다. 일단은 대기. 이화의 저격이 다시금 이어지기 전까지는 무조건 대기.

눅눅하게 답답한 침묵이 이어지는 가운데 기다리던 관통 소리가 들렸다. 모두가 그 소리에 집중하는 가운데 조휘가 움직였다.

타다다닷!

자세를 완전히 낮추고 쓰러진 공작대원의 근처가 아닌 역방향으로 내달렸다. 조휘가 움직이자 놈들에게서 반응이 즉각 나왔다.

따다다다당!

어둠 속에서 불빛이 마구 번쩍였다.

푹! 푸부부북!

퉁! 투두두둥!

다섯 번씩 연달아 소음이 어둠 속에서 울렸다. 첫 번째는 총소리, 두 번째는 탄이 조휘를 맞추지 못하고 땅에 박히는 소리, 세 번째는 공작대원의 홍뢰가 총을 쏘며 생긴 불빛을 노린 저격 소리.

하지만 어느 것 하나 원하던 목표를 맞추지는 못했다.

퉁! 퍽!

이화의 저격은 빼고.

조휘는 숨은 자리에서 주변을 더듬었다. 이곳으로 온 이유는 철판이 있어서였다. 총의 관통력이 아무리 좋아도 철판을 뚫지는 못했다. 그건 개발부에서 행한 많은 실험에서 이미 증명됐다. 코앞에서 쏴도 철은 뚫리지 않았다. 종잇장처럼 만들지 않는 이상 말이다.

두둑! 두두둑!

철판을 강제로 뜯어낸 조휘는 어깨 옆으로 세웠다. 다행히 상체는 전부 들어갈 정도이다. 하지만 이걸 구했다고 공작대원을 구한다는 보장은 없었다. 조휘의 목표가 걸리면? 놈들은 분명 공작대원에게 총을 쏠 것이다.

그러니 단번에, 딱 한 번에 저 끝까지 도달해 자리를 잡아야 했다. 조휘는 다시 위지룡과 악도건을 바라봤다. 마침 둘도 조휘를 보고 있었다.

손을 들어 올려 수를 셀 준비를 한 조휘는 이화가 딱 한 번만 더 저격해 주길 원했다. 그런 조휘의 바람을 이화가 들은 걸까?

퍽!

이윽고 세 번째 소리가 들리고 반대쪽에서 위지룡과 악도건이 내달렸다.

파바바박! 따다다다당!

그리고 총소리가 난 직후 조휘도 몸을 날렸다.

따다당!

깡! 까강!

"큭!"

덧댄 철판에 바로 충격이 왔다. 하지만 그뿐, 뚫리지는 않았다. 무사히 도착한 조휘는 바로 공작대원의 머리 위에 철판을 대며 앉았다.

"야, 준경아."

"네, 대주……."

"상처는?"

"윽! 옆구리를 뚫렸습니다."

의식은 아주 밝다.

목소리도 제법 또렷했다. 다행히 치명상은 아니었다. 일단 품에서 천을 꺼내 지혈을 해준 다음 조휘는 또렷한 목소리로 말했다.

"그래? 그 정도는 괜찮다. 일단 정신 바짝 차려. 반드시 구해줄 테니까."

"네."

"안 움직이고 신호만 보낸 건 진짜 잘했다. 아마 억지로 움직였으면 분명 확인 사살이 들어왔을 거다. 그 판단이 널 살렸어."

"감사합니다."

녀석이 고개를 끄덕이자 조휘는 다시 위지룡과 악도건을 찾았다. 둘 다 무사하다는 신호를 보내왔다. 이제 무사히 빠질 때였다. 급하게 움직이는 건 절대 안 될 일이다. 산발적 공격 지시를 내린 뒤 조휘는 공작대원을 일으켜 세웠다.

"자세 잡고 대기해. 신호 주면 무조건 내달려. 알았어?"

"네."

"뒤는 내가 막아줄 테니까 걱정 말고 뛰어."

"……"

다부진 눈빛으로 고개를 끄덕이는 녀석의 머리를 한 번 툭 쳐줬다. 이런 상황에서는 절대적으로 신뢰를 줘야 한다. 아무리 공작대원이라도 이런 부상을 입었을 때는 흔들리기 마련이다. 게다가 이놈은 신입이다. 나이는 겨우 스물 중반밖에 안 되는 놈이고 제대로 된 작전도 이번이 처음이다.

아무리 강해도 돌발 상황에서는 사람이 어떻게 변할지 아무도 알 수 없는 법. 그러니 정신을 다잡아주는 조휘다.

혹시라도 잘못되는 꼴은 절대로 못 본다. 이미 죽은 녀석들은 어쩔 수 없었다. 왜? 죽었으니까. 하지만 산 놈은 될 수 있으면 살려야 한다. 왜? 살아 있으니까.

"준비해."

"……"

놈이 옆구리를 꾹 눌러 잡고 쪼그리고 앉았다. 이제 신호와 동시에 뛸 것이다. 이화가 어디 있는지는 모르겠지만, 분명 다시 한 번 해줄 것이다. 그녀의 감은 보통을 넘으니까 지금 이 순간 자신의 저격이 한 번 더 필요하다는 걸 분명 알고 있을 것이다. 알고 있을 테니까 지금은 기다리면 된다.

기다림이란 원래 길다. 정말 잠깐밖에 안 되는데도 평소보다 훨씬 시간이 느리게 가는 것 같은 착각이 든다.

지금도 마찬가지다. 호흡으로 따져도 채 이십 호흡이 지나기도 전인데 반 시진은 기다린 것처럼 느껴졌다.

인고의 세월, 지금의 기다림이 딱 그 짝이다. 그렇게 기다리고 또 기다려서야 조휘가 원하던 소리가 들렸다.

서걱!

'음?'

소리가 달랐다.

이건 관통 소리가 아닌 절삭 소리다. 하지만 지금은 그게 중요한 게 아니었다.

"뛰어!"

파바바박!

대원이 바로 일어나서 사력을 다해 공작대가 숨어 있는 쪽으로 몸을 날렸다. 그리고 그 순간 공작대가 홍뢰로 예측 사격을 퍼부었다. 조휘도 철판을 등에다 대고 달리기 시작했다.

땅! 따다다다다다당!

서걱!

전부 다 쏘는지 놈들이 있는 곳에서 불이 마구 번쩍였다. 철판에 탄이 박히며 자꾸 중심이 흔들렸다. 하지만 그렇다고 멈춘다면 그 순간 상황은 다시 더럽게 꼬인다.

팟!

탄 한 발이 허벅지를 스쳤다. 아주 미세하게 스쳐 살갗이 찢어졌지만 그 순간 온몸으로 소름이 쭉 돋아났다. 아주 더러운 느낌이다.

휘릭!

몸을 날려 한 바퀴 구르고 겨우 몸을 숨긴 조휘.

"후아!"

크게 심호흡을 두어 번 해서 폐부 가득 차 있는 긴장감을 빼내고 새로운 활력을 집어넣었다.

삑!

그러자 건너편 어둠에서 짧은 호각 소리가 들렸다. 조휘는 저 호각 소리가 퇴각 신호라 확신했다. 위지룡과 악도건이 수신호를 보내왔다.

'따라갑니까?'

그런 의미가 담겨 있다.

하지만 조휘는 고개를 저었다. 위험했다. 개량된 총. 그런 무기가 있는데 쫓아가는 건 피해를 자초하는 꼴이나 다름없었다. 지금 당장은 대를 수습하는 게 먼저였다. 그래서 고개를 젓고는 상황을 주시했다.

팽팽하게 당겨져 있던 공기가 점차 느슨하게 풀려갔다.

슥.

어느새 이화가 옆으로 다가와 앉았다. 작은 체구에서 나오는 신속, 은밀한 기동력. 도대체 어떻게 움직이는 건지 신기할 따름이다. 거기다가 위지룡에 버금가는 저격 실력도 지녔다. 그런 이화가 있었기에 동료도 구했고 상황도 더 좋게 풀렸다. 어둠 속에 불쑥 하얀 얼굴이 튀어나왔다.

은여령이다. 그녀가 수신호를 보냈고, 조휘는 그 신호에 고개를 끄덕였다. 신호 내용은 적이 물러갔다는 것.

조휘가 다시 조장들에게 수신호를 보내 한쪽으로 인원을 모았다. 그사이 은여령이 조휘의 옆으로 다가왔다. 다가온 그녀는 일단 조휘의 몸부터 살폈다. 탄이 스친 허벅지에서 아직도 피가 나고 있자 은여령은 얼른 품에서 천을 꺼내 조휘의 허벅지에 가져다 댔다.

"잠깐."

"피가 많이 나요."

"저기 누워 있는 애들도 있어. 수습부터 하고."

"…네."

은여령은 그 말에 일단 물러섰다.

오현이 대원 열을 데리고 조심스럽게 움직여 전사(戰死)한 대원들을 데리고 왔다. 아니, 이건 전사가 아니다. 그냥 개죽음이다. 그리고 그 책임의 반은 못해도 조휘에게 있었다. 기습을 알아차리지 못했으니까.

오현이 빠르게 경계조를 세웠고, 조휘는 수습된 동료들의 시신을 바라봤다.

"……."

"……."

분노가 머리꼭지를 열어버릴 기세로 솟구쳐 올라왔다. 그리고 그 밑으로는 죄책감, 미안함 등이 섞여 후발대로 따라왔다. 심장이 저리다 못해 아렸다. 타오르는 이 분노, 이걸 대체 어떻게 제어해야 할지 감조차 안 잡혔다.

"진정해요."

"후우……."

그걸 아는지 은여령이 조휘의 소맷자락을 잡아당기며 조용한 목소리로 말했다. 그 말에 조휘는 일단 크게 숨을 내뱉었다. 타오르는 불길을 진정시키기 위함이지만 역시 별로 소용은 없었다.

죽은 대원은 다섯.

최다 신입이다.

그래서 나이는 많아봐야 스물다섯 전후. 미치겠다. 기가 막혀서 숨이 막힐 지경이다.

부릅뜬 눈.

하나는 심장, 두 놈은 머리, 다른 놈들은 복부에 두세 발씩 맞았다. 머리를 맞은 대원은 피가 범벅이라 누군지 파악도 불가능할 지경이다.

"수습해. 일단 여길 벗어난다."

"어디로 갑니까? 화양상단으로 갑니까?"

"아니, 그 새끼들도 의심스러워."

으득!

화운겸, 그리고 한비연.

둘 다 의심스럽다. 이건 정리를 할 필요가 있었다. 묵언? 은여령과 대화가 필요했다. 하지만 말했듯이 여기서는 아니다.

"배로 간다. 여차하면 청도를 뜰 생각이다."

"네."

장산과 중걸, 오현과 힘이 좋은 대원 둘이 전사한 대원들을 들쳐 멨다. 수습할 수 있는 상황이니 챙겨주는 게 맞았다. 피가 흘러 무복이 젖었지만 그런 걸 신경 쓸 이들이 아니다. 전

방에서 길을 열며 신속하게 장소를 이탈하는 조휘. 이번 전투,
전역 후 조휘가 치른 전투 중 적무영 건을 빼고는 가장 기분
이 더러웠다.

*   *   *

배로 돌아와 시신을 급조해 만든 관에 넣어 밀봉하고 일단
배를 띄워 내해로 나갔다. 어느 정도 청도에서 벗어나자 정박
시킨 후 바로 조장들을 소집한 조휘는 모이자마자 바로 말문
을 열었다.

"당한 것 같다. 화운겸은 배신자라고 봐야겠어."

"동감이네."

그 말에 조현승이 바로 수긍하며 조휘의 말에 힘을 실어줬
다. 이번 기습, 화운겸이 배신자라는 가정이 없으면 절대로 이
루어지지 않을 기습이다. 어떻게 배신했냐고? 그게 중요한 건
아니다. 지금 이 상황에 그 새끼의 배신 과정보다는 결과가 중
요했다. 이러이러해서 배신하게 됐다. 이게 중요한 게 아니라
는 소리다.

"은여령."

"네."

"한비연인가 하는 그 여자, 진짜 묵언의 후예 맞아?"

"…지금 이런 상황이 되니 헷갈리네요."

"장담은 못하겠다? 묵언의 패는 본 적 있어?"

"네."

"같은 거였나? 위조의 가능성은?"

"물론 있어요."

한비연…….

은여령의 고속 검격을 피할 정도의 무인. 그것도 가볍게 피할 정도면, 그리고 전부 꺼내놓지 않았다는 가정을 하면 추정되는 그녀의 무력은 어마어마한 수준이다. 그런 여인이 만약 묵언의 후예가 아니라 황실의 인물이라면?

곤란하다.

이건 매우, 굉장히 곤란한 상황이다.

그 정도의 무력을 가진 여인이 하루 열두 시진 내내 어딘가 숨어서 자신들의 목숨을 노릴 수 있으니 말이다.

어차피 인생, 뭐 하나 쉬운 적이 없었으니 이번에도 이해는 한다. 이번은 공작대가, 아니, 오홍련이 진 것이다.

아주 제대로 노리고 있었다. 이 부분은 반드시 작전을 끝낸 후 이화매와 심도 있게 상의해야 할 부분이다. 만약 개선이 안 된다면? 조휘는 작전을 거부할 생각이다. 가는 곳마다 적이 기다리고 있는데 작전이고 나발이고 그냥 화약을 품고 불속으로 뛰어드는 짓과 다를 게 하나도 없었다.

자살은 절대 사절인 조휘이다.

"그럼 일단 한비연이란 여자는 파악이 불가능하고."

"화양상단은 상단주에 오른 화운겸이 배신했으니 처리해야 할 곳입니다."

"확실하게 조질 방법이 있나?"

조현승.

그와 첫 대면, 그리고 대화 후 조휘는 많이 감탄했다. 원룡이 말한 것처럼 조현승은 역시 훈련 같은 것보다 지휘 쪽에 훨씬 재능이 있었다. 물론 문무는 물론 통솔력까지 갖춰야 하는 사령관보다는 작전의 입안, 실행을 책임지는 군사에 더욱 어울렸다.

"일단 화운겸이 어디 있는지를 알아야 합니다."

고개를 끄덕인 조휘가 도건을 불렀다.

"성 밖으로 빠져나갔는지, 아니면 아직 안에 있는지 청도지부라면 파악하고 있을 거다. 가서 당장 확인해."

"네!"

악도건이 바로 대원 셋을 데리고 작은 조각배를 띄워 청도로 갔다.

"만만한 놈은 아니니까 숨었어도 깊이 숨었을 겁니다."

"그렇지. 만만한 새끼는 아니지."

조휘를 속일 정도이다.

어찌나 연기를 잘하는지 깜빡 속아 넘어갔다. 조금의 위화감도 느끼질 못했다. 그리고 급한 일이 있다고 하면서 나갔고, 그의 처라는 한비연에게 안내를 맡겼다. 동시에 기습이라는 계략으로 유인했으나, 그 결과 조휘는 아주 제대로 낚였다. 마지막에 살아난 감각이 아니었다면 자신은 물론 공작대 전원이 첫 번째 사격에 넝마처럼 찢겨나갔을 것이다. 이 정도 상황까지 되었으니 놈은 절대 만만한 놈이 아니었다.

아니, 오히려 훨씬 어려운 놈이다.

조휘는 배신 과정, 그런 연기력 습득 등 이딴 건 중요하지 않았다.

"너는 내가 반드시 찢어 죽인다."

이제 갓 배치된 대원들의 복수.

서신 전달?

비천성?

다 필요 없었다.

놈을 갈가리 찢어놓지 못하고는 절대로 청도를 벗어날 생각이 없다. 전쟁? 어차피 전쟁 중이다. 이러한 기습은 그리 유난스러운 것도 아니다. 이해 못할 것도 아니다. 단순히 정보력 싸움에서 이번엔 황실이 이겼다는 뜻이니까. 하지만 이겼을 때 끝장을 봐야 한다. 마도를 노린 기습은 마도가 멀쩡히 살아 있는데 후퇴하는 상황으로 끝났다. 그렇게 끝장을 못 봤으니 놈들에게 남은 건 하나이다.

광기마저 느껴지는 서슬 퍼런 마도의 분노를 받아내는 것.

딱 그거 하나이다.

"제독님, 여기."

양희은이 밀봉된 죽통 하나를 가져왔다. 죽통을 는 하던 작업을 멈추고 그걸 받아 든 채 탁자ㅣ   ㅡ 본 이화매 통을 개봉했다. 죽통의 마개가 개방되ㅡ   ㅣ로 와서 앉아 죽 간 하나가 나왔다.   ㅣ고 안에서 돌돌 말린 죽

극비 정보를 취급하는

끈이 끼어 있어   ㅡ 방법이다.

도 하다. ㅡ   ㅣ 열게 되면 무조건 끈이 끊어지는 구조이기

            ㄴ렇게 누가 먼저 죽통 마개를 열었는지 확인하는 것

이다. 무조건 이화매가 먼저 열어야 하는데 끈이 끊어졌다면 정보는 폐기 단계로 간다.

죽간에 적힌 것은 이상한 단어들의 나열이다. 오홍련 전용의 암호. 암호를 조합한 이화매는 대번에 눈살을 찌푸렸다.

안에 적힌 정보가 꽤나 심기를 거슬렸기 때문이다.

"여기."

양희은도 이화매가 건넨 죽간을 읽고는 바로 표정이 굳었다. 그렇다면 두 사람 다 굳을 수밖에 없는 정보라는 소리다.

"드디어 건너오는군."

"삼두마차로 삼천 대 물량이라니, 이건 그냥 두어서는 안 될 물량입니다."

죽간에 암호로 적혀 있는 건 전에 사막을 건너 서역으로 떠난 황실상단의 복귀에 대한 것과 그 물량에 대한 정보였다. 총 마차 삼천 대 물량. 이건 감히 가늠조차 안 되는 물량이다.

"어떻게 하시겠습니까?"

양희은이 굳은 얼굴로 물었다. 이화매는 잠깐 손을 들어 올려 조용히 하라는 신호를 보내고는 생각에 잠겼다. 아랫입술을 살짝 깨문 이화매. 이번 정보는 천하의 이화매를 심각한 고민에 빠지게 할 정도로 파괴력이 컸다.

무려 삼두마차 삼천 대 분량의 총이 사막을 건너 명으로 넘어오고 있었다. 주인은 황실이다. 황군에 무려 몇만가량의 총병이 생긴다는 뜻이다. 게다가 정보의 말미에는 저게 선발대가 아닌지 의심스럽단 문장이 있었다.

삼천 대 분량이 선발대?

미쳤다.

진심으로 그렇게밖에 생각이 안 됐다. 가만히 놔두면 무의 상실 시대는 또다시 재림하고 말 것이다.

무인?

제아무리 무인이라 할지라도 총을 막을 수는 없다. 초근접 으로 붙으면 무인이 당연히 압도하겠지만 거리가 있다면? 일 렬로 서서 쏴버리면 답이 없다. 총은 그만큼 위험한 무기인데, 그걸 저리 많이 사들인다고? 이화매는 의문이 생겼다.

"자금이 어디서 났을까? 총 한 정 가격이 상당한데."

황실이 아무리 금력이 좋아도 그 정도 금력은 어불성설이 다. 오홍련도 그걸 한 번에 구입할 자금을 마련하기란 솔직히 무리다. 못해도 이삼 년은 모아야 가능할 것이다. 그것도 그 기간 동안의 수입을 하나도 안 쓰고 모았다는 가정하에 가능 한 금액이다. 그래서 의심스러웠다.

이화매가 양희은을 보자 바로 고개를 끄덕이며 알아보겠다 는 대답이 들려왔다.

툭, 툭툭툭.

손가락으로 탁자를 두드리는 버릇이 또 나왔다. 다만 이번 엔 경쾌한 소리가 아니라 둔탁했다. 힘이 상당히 실렸다는 소 리이고, 그만큼 지금 이화매는 정신적으로 경직된 상태였다. 실제로 지금 그녀가 느끼는 압박감은 상당했다.

절대로 무시할 수 없는 물량의 총기. 그게 향할 곳은 안 봐 도 뻔했다. 무인들과 그리고 오홍련이다.

자체 무력을 증강하는 게 아닌 살상 목적이 아주 명확하다.

그게 아니었으면 지금 이화매가 이렇게 골치를 썩을 일도 없었을 것이다.

"막긴 막아야 하는데……."

이걸 도대체 어떻게 막아야 할지 천하의 이화매도 갈피가 잡히지 않았다. 그 정도 물량의 총을 호송하고 있으니 속도는 느려도 호위는 엄청날 것이다. 황실 직속 상단이니 각 성마다 정규군을 운용해 호위로 쓸 테니까 말이다.

그런 곳에다가 작업을?

차라리 화약을 품고 불길로 뛰어드는 게 좀 더 깔끔한 자살 방법이다.

"공작대는?"

"일주일이 지났으니 지금쯤 태산으로 향하는 여정일 겁니다. 물론 아무런 일이 없다는 가정 하에서입니다."

"음……."

이화매가 조휘에게 준 서신은 매우 중요했다. 그건 현 비천성주에게 전해져야 하며, 반드시 답신을 받아와야 했다. 그래서 마도와 공작대를 직접 보냈다.

기간이야 얼마 걸리지 않지만, 솔직한 심정으로는 지금 당장 불러들이고 싶었다. 그래서 어떻게든 총이 북경 문턱을 넘는 걸 막고 싶었다. 그게 북경 정규군의 손에 잡히는 건 더욱 막고 싶었다.

손에 쥐어지기 전에 막아야만 하는데, 사실 마도와 공작대를 보내도 방법이 있을 것 같지는 않았다.

공작대의 인원은 총 육십. 거기에 은여령, 이화와 조현승이 있다지만 전력으로 쳐도 크지는 않았다. 애초에 공작대 자체가 특수한 작전을 생각하고 만든 부대이다. 요인 납치, 암살 등등 말이다.

"미치겠군. 답이 없어, 답이."

"……."

"후우……."

이화매가 한숨을 크게 내쉬고는 의자에 등을 깊숙이 묻었다. 속에 주먹만 한 불덩이 하나가 얹힌 느낌이다. 그때 계단이 쿵쿵거리는 소리가 들리더니 문이 열리며 들어선 이는 야간기동훈련을 나간 유키였다.

그의 손에는 또 서신이 쥐어져 있었다. 그에 본능적으로 인상을 확 찌푸리는 이화매.

"마도에게서 온 서신입니다."

"줘봐."

정기보고인가 하고 서신을 펴는 이화매.

그런데 정기보고가 아니었다.

속에 얹힌 불덩이 옆에 또 그만한 크기의 불덩이가 내려앉았다. 불덩이 두 대가 뿜어대는 열기로 속이 바짝바짝 타들어가기 시작했다. 서신을 다 읽은 이화매가 양희은에게 건네며 아주 짜증스런 어조로 혼잣말을 내뱉었다.

"아주 지랄이 풍년이군."

"……."

서신을 읽는 양희은의 표정도 결코 좋지 않았다.

화양상단 화운겸의 배신, 묵언의 후예, 황실의 신무기 등등

마도가 보낸 정보는 하나같이 기분이 더러워질 법한 정보들이
었다.

"화운겸, 배신했다고 하는데 이게 어떻게 된 거지?"

"알아보겠습니다."

"후우, 양 부관."

"네."

"소 잃고 외양간 고쳐봐야 뭐 하나? 그놈의 배신으로 공작
대가 전멸할 뻔했어. 게다가 황실이 신무기를 개발한 것 같다
고 하고. 우리가 개발 중인 놈과 비슷한 것 같은데 먼저 나왔
다고."

"네."

"요즘 왜들 이래?"

아, 진짜 짜증 나게 하네.

그렇게 혼잣말을 중얼거린 이화매가 갑자기 자리에서 일어
나더니 한쪽에 있는 줄을 잡아당겼다.

데엥, 데엥!

종이 울렸다.

그러자 건물 밖 사방에서 동시다발적으로 종이 울렸다.

소집을 알리는 신호이다.

간부급은 종이 울린 순간 즉각 본부의 회의실로 모이기로
약속된 신호가 바로 좀 전 이화매가 울린 종이다. 그리고 이
게 울릴 때면 이화매가 지금 폭발 직전이란 뜻이기도 했다.

"일단 묵언의 후예에 대한 답신을 보내."

"네."

"다 모이면 부르고."

"네!"

양희은이 서신을 들고 나갔다.

이화매는 깊은 한숨을 내쉬었다. 묵언의 후예를 만났다. 그건 좋다. 묵언의 후예를 어릴 적 아장아장 걷던 때 한 번 본 적이 있고 선물도 줬다. 당시 차고 다니던 목걸이다. 오홍련의 표식이 새겨진. 지금쯤 제대로 컸다면 아마 은여령에 버금가는, 혹은 그 이상 가는 무인이 되어 있을 것이다. 이화매는 이걸로 확신했다. 마도에게는 불행히도 여난(女難)이 있고, 또한 폭풍의 중심에 선 게 확실하다는 것을.

"중심 잘 서라. 안 그러면 폭풍에 쓸려간다, 마도."

이 혼잣말은 마도에게 하는 것이었지만 자신에게 하는 말이기도 했다. 폭풍. 예견한 그놈이 점차 그 영역을 확장하며 다가오고 있었다. 그녀는 지금 당장 해야 할 일이 뭔지 알고 있었다.

제대로 뿌리를 내려 그 어떤 폭풍도 견뎌내는 거목이 되어야 했다. 그게 지금 당장 해야 할 일이고 자신밖에 할 수 없는 일이었다.

*　　　　*　　　　*

본부 내의 모든 간부가 모이는 데 걸린 시각은 딱 일각 정도였다. 외부로 나간 간부들 빼고 총 스무 명.

벌컥!

이안과 잠이 들어서고 그 뒤로 이화매가 들어섰으며, 그녀의 표정을 본 간부들이 입술을 질끈 깨물었다.

가장 상석에 앉은 이화매가 팔꿈치를 탁자에 대고 턱을 괸 채 사방을 둘러봤다. 그녀 특유의 나른함과 서늘함이 동시에 섞인 시선에 간부들은 전부 흠칫하며 어깨를 떨었다. 평상시에는 그다지 기세를 뿜어대진 않지만, 지금처럼 뭔가 일이 터졌을 때는 작정하고 저렇게 만인을 압도하는 제왕 기질을 뿜어댔다.

그리고 이런 소집 상황에 저 상태라면 지금 그녀가 굉장히 화가 났다는 결론은 매우 쉽게 나온다.

"니들, 다 뒤질래?"

거침없이 첫 마디로 폭언이 흘러나왔다.

흠칫!

욕먹고 기분 좋은 사람은 없다. 그건 웬만하면 변하지 않는 진실이다. 근데 지금 그게 깨졌다. 대놓고 욕을 먹은 이들이 전부 어깨를 움츠렸다. 기분이 나쁘기보다 몸을 사리기 시작한 것이다.

늦은 시간에 소집된 회의, 그리고 이화매의 분노.

이건 이들이 감당하기엔 너무나 벅찬 상황이었다. 감당하려면 못해도 제독급이 와야겠지만 그들은 당연히 본부에 없었다.

"요즘 아주 대충들 일하지? 응?"

"……."

"……."

꿀 먹은 벙어리처럼 모두 입을 싹 닫았다. 작전부의 공현도 눈치만 살살 살필 정도로 지금 이화매의 말투는 살벌했다. 이화매가 손가락을 까닥거리자 양희은이 손에 쥐고 있던 문서를 전원에게 돌렸다.

황실에서, 그리고 마도에게 온 정보를 옮겨 적은 것이다. 문서를 읽은 이들은 이화매의 분노를 이제야 알아차렸다.

그래서 눈을 질끈 감았다.

특히 개발부와 관리부, 비선의 책임자들은 어깨를 달달 떨 정도였다.

"개량 총을 황실에서 먼저 내놨네? 어이, 우치문."

"네!"

"개발부에 한번 가줄까?"

"아, 아닙니다, 제독님!"

"왜, 일 안 하고 곰방대나 만지작거리면서 노는 것 같은데."

"시, 시제품 제작 과정에 있습니다. 조금만 더 시간을 주시면……."

"시간? 무슨 시간? 이미 저 새끼들은 작전에 배치까지 했는데."

"……."

큭!

이화매의 입에서 억눌린 조소가 흘러나왔다. 진짜 머리 뚜껑이 열릴 정도로 열 받았다는 증거이고, 폭언이 몰아칠 전조이기도 했다.

"이 개새끼가, 개발부에 한 해 들어가는 돈이 얼만 줄 아냐?

어? 내가 이렇게 뒤처지라고 개발부에 그렇게 돈을 처먹이는
줄 아냐고. 어?”

“아닙니다!”

기합이 잔뜩 들어갔다.

이화매가 진짜 열 받으면 개발부에 친히
가 될 때까지 까고 또 까는 성격이라…   납시어 아주 가루
절? 때려치운다고? 오홍련은 그…   는 걸 알기 때문이다. 거
영달이 우선인 이들이나 …   …될 만한 곳이 아니다. 개인의
맞지 않는 이들은 애…   개인의 목적, 그리고 단체의 목적에
“일주일. 시…   …초에 영입조차 안 하는 곳이기 때문이다.

“네!”   …제품 제작 중이니 딱 일주일 준다.”

…더 몰아칠 것 같던 폭풍이 잠시 멎었다.

하지만 잠시 멎은 것뿐이다. 새로운 희생자를 찾아 이화매
의 시선이 옮겨갔다. 관리부 책임자다. 관리부 아래에는 여러
개의 부서가 있는데 지금 이화매가 노려보는 이는 천하에 산
재한 오홍련 소속 비공식 상단에 대한 모든 걸 관리하는 인물
이다.

“화운겸이 배신했어.”

“네……”

“공작대를 유인했고, 전멸할 뻔했어.”

“네, 저도 읽……”

“야, 이 개새끼야!”

쩌렁!

이화매의 입에서 화통을 터뜨린 것처럼 거칠고 커다란 외침

이 터졌다. 물론 단어는 욕설이다.

"애꿎은 애들이 전부 죽을 뻔했는데, 뭐? 읽었다고? 너 이 개새....... 내가 거기로 보내줘? 뒤져볼래?"

"죄, 죄송합니다!"

"이게 죄송할 일....... 끝날 일이냐고! 화운겸이 배신했는데도 그걸 지금까지 몰랐어! .... 렴 그 새끼 하날까? 니가 파악 못 한 배신자들이 도처에 널리고 널....... 다는 소리잖아!"

"지, 지금 즉시 조사하겠습니다!"

"일 터지고 조사하면 뭐 하겠다는 건데? .... 내가 얘기했지! 항 상 주시하라고! 그래서 너한테 정보를 움직일 수 .... 있는 권한을 준 거 아니야! 그럼 줬으면, 줬으면 그 걸 잘 써먹어서 .... 미리 알 아냈어야지!"

"죄, 죄송합니다!"

"지랄! 죄송은 개뿔이 죄송! 너 일단 면직이야! 이 일 전부 파악될 때까지 일선에서 물러나!"

"네!"

일선에서 물러나라는데도 크고 우렁차게 대답한다. 그만큼 이화매의 기세가 압도적이기 때문이다.

"후우."

다시 잠깐 속을 다스린 이화매가 이번엔 비선의 책임자를 바라봤다. 눈빛은 이전의 둘과 완전히 달랐다.

살벌하다. 살기까지 감돌고 있다.

"야."

"네!"

이름도 안 부른다.

그냥 야다.

"뒤질래?"

"······."

눈빛으로 사람을 찢을 수 있다면 지금 이 순간 비선의 책임자는 온몸이 천 갈래 만 갈래로 찢어졌을 것이다. 보통 여인이 눈에 힘을 주면 표독스럽다고 하는데 이화매의 지금 눈빛은 그 단계를 넘어서도 한참을 넘어섰다. 거기다가 입가에 걸린, 전혀 눈빛과 어울리지 않는 싱그러운 미소는 단연 압권이었다.

"대답해 봐. 죽여주랴?"

"아닙니다."

"아니긴? 너 요즘 하는 꼴 보면 아무래도 진짜 그만 살고 싶은 것 같아. 솔직히 말해봐. 이제 좀 신물 나지? 익숙해지니까 대충 하는 거지?"

"시, 시정하겠습니다!"

"시정? 큭, 큭큭!"

이화매의 억눌린 웃음은 이런 상황에서는 최고의 파괴력을 보인다. 상황을 통제하기 위한 수단? 아니었다. 그 정도였다면 눈치 빠른 이들이 모를 리가 없다. 저 눈빛, 저 미소, 저 기세, 저 말 자체가 모두 진심이었다.

이화매는 지금 비선의 책임자를 진짜 죽여 버리고 싶을 정도로 열 받았다는 뜻이다. 비선의 관리자 임종윤이 말 한마디 삐끗하는 순간, 이화매는 칼을 뽑아 들지도 모른다.

"다 죽고 나면 시정할래?"

"지, 지금 당장 하겠습니다!"

"그래야지. 그래야 할 거야."

"가, 감사……."

감사하다고 하는 찰나, 이화매의 입가에 맺힌 미소가 한층 진해졌다.

"근데 그거, 니가 안 해도 돼."

"……."

"비선에 잡음이 저렇게 낄 때까지 아무것도 못한 새끼한테 내가 뭘 믿고 맡겨?"

"……."

"어? 니가 말해봐. 내가 뭘 믿고 맡기냐고."

"……."

결국 임종윤은 고개를 푹 숙이고 침묵했다. 맞는 말이었다. 어떤 방식으로 개입됐는지도 모를 정도로 비선의 정보가 오염됐다. 진원지를 찾아 정화를 해야 되는데, 그걸 하는 동안 비선의 업무는 일정 부분 마비된다. 비선의 정보는 엄청 소중하다. 오홍련에서도 극소수의 간부들만 알고 있고, 나머지는 비선이 정보를 캐온다. 인원, 방법, 전달 방식 등등은 전부 극비리에 취급된다.

이건 초대 이씨세가 가주 시절부터 지켜져 온 전통이다. 악습이 아니라 여태까지 비선이 제 역할을 하도록 만든 원동력이기도 했다.

그런 비선이 지금 자신의 대에 오염된 것이다. 이걸 버려? 그럴 수도 없다. 오홍련의 정보력에서 비선이 책임지는 양은 영역으로 따지자면 사실 크지는 않다. 하지만 정보 하나하나가 고급 정보이고 정확도가 매우 높다.

그렇기 때문에 버릴 수도 없는 상황이다.

거기다가 비선에 투입되는 자금은 명에서 활동 중인 다섯 개 함대의 군비와 거의 비슷하다. 정말 천문학적인 금액이 들어간다는 소리다. 그런 비선을 버릴 수도 없고, 그런 중요한 정보들을 또 포기할 수도 없다.

한차례 폭풍이 지나가서인가?

이화매의 눈빛에 물든 독기와 입가에 걸린 미소가 점차 열어졌다.

"니가 좋은 놈인 건 알아. 하지만 이번 일은 못 봐줘."

"네……."

"쉘을 불렀어. 마침 대월국(大越國)에 있다니까 금방 올 거야. 그놈 오면 밑에서 같이 작업해."

쉘.

그 말에 작은 소란이 일었다.

도굴꾼이자 암호, 함정에 특별한 재능을 가진 이화매의 동료 중 하나이다. 천성이 억압되는 걸 싫어하는지라 중요한 때가 아니면 오직 개인 활동을 하는 사내다. 다행히 마지막 연락이 대월국에서 왔기 때문에 이화매가 특별히 부른 것이다.

"네."

임종윤은 그 말에 순종했다.

자신의 실수, 이미 뼛속 깊이 인정하고 있었다. 보통 이런 경우 심기가 매우 나빠지는 게 보통이다. 강등이니까. 하지만 애초에 오홍련의 간부는 매우 엄선해서 뽑는다. 자신의 실수를 인정하지 않는 자, 개인의 영달을 일순위로 따지는 자, 백성의 목숨을 생각지 않는 자, 배신의 가능성이 있는 자 등등, 이런 자는 아예 시작부터 배제된다.

임종윤도 마찬가지였다.

그는 이화매의 까다로운 간부 심사를 모두 합격하고 들어왔다. 이건 순순히 인정할 줄 아는 사람이라는 소리다.

물론 이 자리에 앉아 있는 모든 이가 마찬가지였다. 이들 모두가 백성을 위해 오홍련에 가입한 이들이다. 군부에서, 한림원에서, 대명천지 사방에서 오직 백성을 위해 영입, 혹은 지원해서 모인 이들이다.

임종윤의 대답에 만족한 이화매는 다시 자리에 앉았다.

"상황이 아주 더러워. 수천, 수만의 총기가 지금 명으로 건너오고 있고, 황실의 움직임이 우리를 따라오고 있다. 넋 놓고 있다가는 일이 년 안에 추월당할 거야. 그렇게 되면 어떤 상황이 벌어지는지 내가 말 안 해도 다들 잘 알지?"

"……"

"……"

모두가 무거운 얼굴로 입술을 꾹 다문 채 고개만 끄덕여 대답했다. 무의 상실 시대. 그 시대에 대한 기본적인 지식은 있는 이들이다. 무의 상실 시대라고 해서 물론 무(武)만 노리지는 않을 것이다.

그 시대에서 문(文)도 무시무시하게 소실됐다.

온갖 서적이 불탔다.

당시 강호의 북두로 불리던 소림의 장경각이 불탔고, 세상에서 가장 많은 서적을 보유했다는 황실서고도 불탔다. 물론 그래도 무의 상실보다는 나았지만, 그렇다 하더라도 그리 온전하게 보전되진 못했다.

이후는 암흑기였다.

그 시대를 살았던 선조들의 입에서 입으로 전해진 바에 의하면 정말 심각할 정도의 암흑기였다고 한다.

가만히 내버려 두면 황실은 그런 무의 상실 시대를 재림시킬 것이다. 무슨 일이 있어도 막아야 했다.

힘을 가졌다고 악마가 아니다.

힘을 가졌다고 살생부에 올라가서는 안 된다.

힘을 가졌다고 무고한 무인이 죽어서는 더더욱 안 된다.

그런데 지금 만력제는 이 모든 걸 집행하려 하고 있었다. 그 준비를 아주 착실히 진행시키고 있었다.

"똑똑히 들어. 우리가 여태껏 황실을 압도한 것은 황실이 무능한 게 반, 우리가 먼저 준비하고 있던 게 반, 이 두 가지가 합쳐져서이다. 하지만 이제는 아니야. 황실의 무능이 어떠한 이유로 점차 사라져 가고 있다. 아마도 이건 새로운 인물의 출현 때문이겠지. 그리고 그 인물 때문에 우리가 압도하던 정보력, 자금력, 기술력이 팽팽한 평행으로 바뀌었다. 이게 뭔 소린지는 다들 알지?"

"……"

"……"

이번에도 무거운 끄덕임이 이어졌다.

하지만 이화매는 굳이 정답까지 말해줬다.

"넋 놓고 있다가는 추월, 그리고 그 추월은 너, 너, 너너너, 여기 전부, 우리 오홍련 전부, 마지막으로 내 목숨이 날아가는 결과를 초래할 거다."

"……"

"……"

알아둬라, 좀.

"거창하지만 우리가 명의 미래다."

이화매의 마지막 말에 간부들의 얼굴에 신념, 각오가 떠올랐다. 이화매의 마지막 말이 그만큼 가슴에 콕 박혔기 때문이다. 그 박힌 말에 모두가 부르르 떨었다.

"그러니까 일 좀 똑바로 해. 뒤지고 싶지 않으면."

"……"

"……"

굳이 마지막 말을 해야 했는지 이화매의 뒤에 서 있던 양희은은 의문이 생겼으나 잠자코 있었다.

이화매.

생각해 보니 그녀가 저런 성격이라는 걸 모르는 이는 아무도 없기 때문이다.

*　　　*　　　*

작정한 마도의 복수는 어떻게 진행될까?

시작은 정보 조달과 대화이다.

"안 됩니다."

"왜?"

"인명 피해가 너무 많이 납니다."

피식.

인명 피해라…….

인정한다.

무고한 이들에게 자신의 복수심이 가득 담긴 불길이 닿아서는 안 된다. 그건 피에 미친 살귀나 하는 짓이다.

"일반 백성도 아니고 명의 정규군이다. 왜 그들의 인명까지 생각해야 돼?"

"그중에는 어쩔 수 없이 먹고살기 위해 몸담은 이들이 부기 지수입니다."

"그건 내가 상관할 일이 아니지. 먹고살기 위해 사람을 죽여도 되는 게 아닌 것처럼 먹고살기 위해 목숨이 날아가도 지들 잘못이지."

"네. 하지만 오홍련의 명성에 금이 갈 겁니다."

"음?"

조현승의 말에 조휘는 잠시 멈칫했다.

오홍련.

현재 조휘가 적을 두고 있는 단체이고, 자신의 목적을 위해서도 오홍련은 무조건 강해야 한다. 건재해야 한다. 세인의 존경을 받아 군림해야 한다. 그 정도는 조휘도 알고 있었다.

그래서 조현승이 이유로 밝힌 정규군의 피해, 그게 오홍련의 명성에 누가 될 수 있다는 말은 결코 가볍게 지나칠 수가 없었다.

"피아의 구분이 없다. 이것만큼 위험한 일도 없습니다. 이런 인식이 쌓이고 쌓이면 나중에는 오홍련에 불을 켜고 달려들 겁니다. 어차피 백기를 들어 올려도 죽일 테니 말입니다."

"음······."

그렇긴 하다.

이곳은 타격대가 아니다.

백기?

그 백기의 의미를 수렴할 때는 확률적으로 극히 희박하다. 완전한 압승을 거뒀을 때, 바로 그때다. 그런데 타격대의 전투는 언제나 처절하다. 서로 치고받고, 팔다리를 자르고, 모가지를 날려 버리려고 안간힘을 쓰는 전투가 대부분이다. 그래서 마도라는 별명이 탄생되었다.

그만큼 치열하게 죽였으니까.

따라서 백기에 대한 의미가 그런 식으로 해석될 수 있는지 조휘는 처음 알았다. 생각이 폭이 짧았다는 거다. 직감은 뛰어나나 혜안이라 할 정도는 아니라는 소리다.

"놈들은 지금 공성을 준비 중입니다. 이 청도라는 성에서."

"그건 알고 있는 내용이고."

툭.

조휘가 탁자를 툭 쳤다.

화운겸.

이 찢어 죽여도 시원찮을 놈은 제가 있는 장소를 대놓고 노출했다. 그리고 자신이 있는 장소를 중심으로 촘촘하게 벽을 쳤다. 그 벽에 이용된 정규군이 오백. 여기까지가 일차적으로 노출된 장소였다.

조휘는 여기서 놈의 의도를 보았다.

붙어보자.

혹은 들어와라.

둘 다 같은 말이고, 뜻을 살펴보면 대놓고 조휘에게 싸움을 건 것이다. 날 죽이고 싶지? 나 여기 있다. 그러니 들어와라. 이런 뜻이다. 화운겸 이놈은 생각보다 훨씬 미친놈이었다. 조휘는 화운겸의 의도에서 우광을 봤다.

조현승을 구할 때 마주친 동창 금위형천호(錦衣衛千戶) 우광(禹廣). 이놈도 출세에 눈이 멀어 정상이 아니었다. 아니, 조휘와는 다른 부류의 미친놈이었다. 분명 어떤 감각 하나가 망가진 게 분명한 놈이 우광이다. 그런 우광과 화운겸. 아주 비슷했다. 같은 과일까? 가능성이 아주 높아 보인다.

위치도 파악했다.

청도의 지도도 이미 구해놓았다.

적의 일차 병력도 확인했다.

남은 문제는 일차 벽 뒤에 있을 진짜들이다. 분명 그때 조휘를 기습한 놈들이나 그에 준해 조금 떨어지는 놈들이 똬리를 틀고 있을 것이다. 그놈들을 조심해야 한다. 그래서 조휘가 제시한 건 붕괴전이다.

일차 선부터 확실하게 붕괴시키고 들어가는 것.

무엇으로?

아주 좋은 게 있다.

진천뢰.

공작대원이라면 반드시 인당 다섯 발씩 휴대하고 있는 진천뢰로 모조리 묻어버리자고 한 거다.

근데 조현승이 거절한 것이고.

"마땅한 방법을 찾아봐."

"좀 더 생각할 시간을 주십시오. 어차피 화운겸이 대주에게 싸움을 걸었습니다. 도망치진 않을 겁니다."

"삼 일. 그 이상은 못 기다려."

"네."

조현승이 고개를 끄덕이는데 악도건이 다가왔다.

"왜?"

"잠시 와보셔야겠습니다."

악도건을 따라가 보니 저 멀리 작은 배가 다가오고 있다. 어설픈 자세지만 힘이 좋은지 쭉쭉 다가오는 쪽배. 거리는 이미 충분히 가까워서 그 배에 누가 타고 있는지 아주 잘 보였다.

한비연.

자칭 묵언의 후예가 다가오고 있었다.

"대주, 어떡할까요?"

악도건의 질문. 그의 눈빛에는 결코 좋지 않은 감정이 담겨 있었다. 눈빛엔 명령만 내려주면 저년을 아주 꼬치로 만들어 버리겠다는 의지가 철철 넘치고 있다. 근데 조휘는 고개를 저었다. 저 여자, 홍뢰로 잡을 수 있는 수준이 아니었다.

은여령이 작정하고 뿌린, 내력이 가득 실린 검격을 그저 한 발자국 물러나는 걸로 피한 여자다.

단언하건대 은여령은 홍뢰로 못 잡는다.

그럼 저 여인도 마찬가지다. 홍뢰를 쓰는 건 화살 낭비였다. 노리려면 공중에 떠 있을 때, 그때를 노려야 하는데 저 여인이 바보가 아닌 이상 그래줄 것 같지는 않았다. 생각하는 사이 한비연은 이미 배의 근처까지 다가왔다.

"항복! 항보옥……!"

"……."

도착하자마자 한비연이 한 첫 말이다. 양손에 하얀 천을 쥐고 머리 위로 마구 휘두르면서 항복이란 단어를 목이 찢어져라 외쳐댔다. 그 모습이 너무 긴장감이 없어 조휘의 눈매가 꿈틀거렸다.

적이다.

머릿속으로 한비연은 이미 적으로 결정지었다. 이유? 묵언의 후예고 나발이고 화운겸이랑 같이 있었다. 그의 처라고 했다. 그걸로 충분하지 않은가? 그거 하나로 차고 넘친다 할 수 있었다.

그런 여인이 지금 쪽배를 타고 와 항복이라고 외치고 있는 상황. 천하의 조휘도 지금 이게 무슨 상황인가 가늠이 안 되었다.

"은여령."

"네."

"대체 저걸 어떻게 해석해야 되나?"

"……."

그래서 저도 모르게 조휘는 은여령에게 물어봤지만 당연하게도 그녀에게서는 대답이 없었다. 이유야 당연히 그녀도 한비연의 의도와 정체에 대한 확신을 하지 못하는 상황이기 때문이다. 조휘는 조현승을 바라봤다.

"군사인 당신이 봤을 때는 어때 보이나?"

"음……."

조현승도 고민한다.

그러는 사이 한비연은 '다시 올라가도 될까요? 할 말이 있어요!' 하고 구관조(九官鳥)처럼 반복해서 외치고 있다. 선택을 해야 하는 상황이다. 집중 공격을 해서 죽이든가, 무시해서 쫓아내든가, 아니면 위로 오르게 하든가.

셋 중 하나를 골라야 하는 상황인데, 솔직히 첫 번째가 제일 끌렸다. 그냥 죽일 수 있다면 죽여 버리는 게 의심을 풀 것도 없이 속이 제일 편하다.

그런데 그렇게 해봐야 말했듯이 살인귀와 다를 바가 없다. 그래서 제동이 걸린 상황에 한비연이 스스로를 묵언의 후예라 밝힌 게 마음에 걸렸다. 솔직히 조휘가 봤을 때는 아닐 가능성이 구 할 이상이지만 남은 일 할은? 구 할 이상이라고 무조건 십 할이 아닌 것이야 조금만 배워도 아는 사실이다.

세상은 구 할의 가능성으로 돌아가긴 하지만, 일 할의 가능성이 가끔 사고를 아주 크게 치기도 한다.

그리고 조휘도 그 일 할에 들어간다.

열에 아홉은 죽어나간다는 뇌주 군영 타격대에서 살아남았으니까.

"줄 내려."

"어, 올립니까?"

"그래. 하지만 경계는 풀지 않는다. 신호하면 무조건 사격이다."

"네."

올린다.

그리고 대화를 나눠본다.

이곳에는 조휘와 은여령, 조현승과 오현 등 삶의 연륜과 지혜, 강호에 해박한 지식과 직감을 갖춘 이들이 전부 있다. 특히 은여령은 강호의 지식, 게다가 사람을 제대로 볼 줄 아는 여인이다.

첫 만남에서 조휘를 평가한 것처럼, 곽원일이 그녀의 말에 무한한 신뢰를 보낸 것처럼 그녀의 직감은 그야말로 일품이다. 사람을 보는 눈을 타고난 여인, 그게 바로 은여령이다.

그리고 아무리 강하다 한들 올라서는 순간 목숨은 저당 잡히는 것과 다름없다고 생각했다.

공작대 전체에 조장들이 있고 이화에 은여령까지. 어디 가서 쉽게 만나볼 수 없는 이들이 배 위에 우르르 모여 있는데 거기서 헛짓을 한다 한들 크게 소용없을 거라 생각했다. 물론 이건 조휘의 오산이었지만, 그게 오산임을 깨달을 만한 사건이 일어날 것 같진 않았다. 이유는 올라서자마자 나온 한비연의 행동 때문이었다.

"죄송합니다!"

올라서자마자 허리를 구십 도로 숙여 사죄하는 한비연. 이건 무릎만 안 꿇었지 거의 석고대죄 수준이다. 이 중에서 가장 냉정하다 할 수 있는 두 사람, 오현과 조현승마저 입을 쩍 벌릴 정도로 돌발 행동이었다.

"죄송합니다! 정말 죄송합니다! 저도 그런 놈인 줄 몰랐어요!"

꾸벅! 꾸벅꾸벅!

고개를 들었다 숙였다 반복하는데, 조휘는 갑자기 골이 지끈거리기 시작했다. 뭔가 생각한 것과 완전히 다른 상황이 찾아오면 느껴지는 두통이다.

"잠깐, 정신 사나우니까 그만합시다."

"네? 네, 네!"

조휘는 그제야 허리를 꼿꼿이 세운 한비연을 바라봤다. 바라본 부분은 눈. 흔히 눈은 마음의 창이라고 한다. 화운겸의 경우야 은여령마저 속아 넘어갔을 정도로 숨기고 또 숨긴 눈빛이지만 지금 한비연의 눈동자는 맑았다.

진짜다. 말 그대로 엄청 맑고 밝았다.

만약 저것마저 숨긴 거라면 정말 꼼짝없이 속아 넘어갈 수밖에 없을 정도로 티끌 하나 없는 순수함이 깃들어 있었다.

"저런 눈빛이 연습으로 가능한가?"

그래서 저도 모르게 조휘가 불쑥 중얼거리자 대답 두 개가 거의 동시에 들려왔다.

"글쎄요. 아마 불가능할 걸요."

"의도를 숨기는 것은 가능해도 저런 눈빛은 좀……."

은여령과 오현의 대답이다.

두 사람의 대답에 조휘는 마지막으로 조현승을 바라봤다. 군사 역할을 맡았으니 의견을 달라는 뜻이다.

"음, 두 사람의 의견에 동의합니다."

"나도 동의하니 네 사람의 의견이 일치하는군. 일단 자리를 옮기지. 따라와."

그 말을 끝으로 조휘는 등을 돌렸다. 그런 조휘의 뒤를 조장들이 받치고 은여령이 한비연의 근처에 서서 검집을 움켜쥐었다.

"네……."

그리고 힘없는 대답과 함께 한비연이 조휘의 뒤를 졸졸 따르기 시작했다.

*   *   *

악의가 없다는 것에 의견이 통일됐지만 완전히 경계를 푼 건 아니었다. 이동한 장소는 함장실. 직사각형 형태의 함장실 구석에 한비연을 앉혔고, 입구에 조휘가 자리를 잡았다. 물론 은여령도 조휘의 근처에 자리 잡았다. 혹시 모를 사태를 대비하기 위함이다. 죄인처럼 취급됨에 있어 당연히 기분이 나쁠 텐데도 한비연은 고분고분했다.

마치 자신이 큰 잘못을 저질렀고, 그걸 반드시 풀어야 한다는 사명감마저 엿보였다.

"일단 정체부터 시작하지."

"말했듯이 묵언의 후예 한비연이에요."

"좋아, 한비연. 며칠 전의 일 때문에 당신이 묵언의 후예라고 한 말은 신빙성을 잃었어. 이걸 어떻게 다시 회복할 거지?"

"그건……."

즉 네 정체를 우리에게 입증하라는 것이다.

하지만 이미 패는 꺼내 보여줬다.

문제는 이걸 증명할 수 있는 사람이 없었다.

"아, 이거! 이건 어때요?"

그러면서 한비연이 품에 손을 넣는 순간, 처저적 하는 소리와 함께 조장들이 일제히 홍뢰를 겨눴다. 당연한 일이다. 저렇게 갑자기 손을 넣는데 가만히 있다면 병신이다. 이건 절대과민반응이 아니었다. 만약 저기서 그대로 손을 빼면? 홍뢰가날아간다. 위지룡의 저격도 함께할 것이고, 은여령의 검도 집을 벗어날 것이다. 다행히 한비연은 손을 빼지 않고 멈췄다.

"아, 아하하……."

"갑작스러운 행동은 자제하는 게 좋아. 몸뚱이에 구멍 송송뚫리는 걸 보기 싫다면."

"그… 정도에 구멍이 뚫리지는 않겠지만 어쨌든 진정 좀 해주세요."

"……."

빠직!

조장들의 기세가 확 끓어올랐다. 대놓고 비하하는데 상황 파악을 잘 못하는 것만은 확실하다. 지금 보니 어딘가 나사(螺絲) 하나가 빠진 맹한 모습도 보인다. 그게 아니라면 지나치게 솔직한가. 홍뢰로 한비연을 잡을 수 없다는 건 조휘도 인정한 부분이니 말이다.

"천천히. 수치스럽겠지만 손에 쥔 게 제대로 보이게."

"그, 그러게요. 수치스럽긴 하네요."

"자초한 일이다."

"네. 아니까 천천히 뺄게요."

한비연은 한숨을 내쉰 뒤 앞섶을 천천히 벌렸다. 그리고 깊숙이 걸고 있던 목걸이를 벗어 조휘의 앞으로 쭉 밀었다. 근데 그 목걸이는 조휘가 봐봐야 어차피 모른다. 이화매가 준 거라면 자신과 연관이 없기 때문이다. 하지만 알아보는 이가 있었다.

오현이다.

"음, 이거 제독이 소녀이던 시절 걸고 다니던 목걸이군."

"아는 물건인가?"

"그럼. 양 부관을 제외하면 내가 아마 제독을 가장 오래전부터 알고 있었을 거네. 나는 제독이 검을 갓 쥐었을 때 이씨세가에 들어왔으니 말일세."

"특징이 있나 보군."

"당시 제독이 차고 다니던 게 맞는다면 아마 중간쯤 뚫린 곳에 제독의 이름이 있을 거야."

스윽.

조휘는 그 말에 목걸이를 들어 요리조리 살펴보았다. 세월에 상당히 깎여 나갔지만 확실히 이자를 뺀 화매라고 양각된 게 보였다.

확실해진 건 아니나 이로써 다시 묵언의 후예라는 말이 다시금 신빙성을 얻었다.

"좋아, 일단은 믿어주지."

획.

그 말과 함께 목걸이를 던지자 그걸 낚아챈 한비연이 천천히 다시 목걸이를 걸며 중얼거렸다.

"숙부가 꼭 하고 다니라더니… 이렇게 쓰이네, 이게."

다 낡아빠진 목걸이 주제에.

혼잣말이다.

하지만 아주 잘 들리는 혼잣말을 들으며 조휘는 한비연의 성격에 대해 파악이 가능해졌다. 이 여자, 할 말은 하는 성격이다.

그때는 뭔가 숨기는 느낌이 강했는데 지금은 그런 게 없었다. 대놓고 자신의 성격을 보여주고 있었다. 아마 그게 대화에 도움이 된다고 여기는 것 같았다.

"그럼 이제 찾아온 용건에 대해 얘기해 볼까?"

"후욱……."

용건이란 말이 나오자 한비연이 입술을 질끈 깨물더니 억센 한숨을 내쉬었다. 인상도 찡그려져 있다. 탁자 위에 곱게 두 손이 올라와 있는데, 그 상태에서 탁자가 미세하게 떨기 시작했다.

쩍, 쩌저적.

그러더니 이내 탁자에 금이 가기 시작했다. 곱게 포개진 두 손에서부터 시작된 균열은 탁자 끝에서 멈췄고, 이내 쩍 하고 큰 소리와 함께 박처럼 동강이 나 쓰러졌다.

쿠궁!

"……."

"……."

그걸 보는 조휘와 다른 이들의 기분은?

기가 막혔다.

지금 자신이 본 게 뭔지 잠깐 이해가 안 갔다. 솔직히 말해 조휘도 멍할 정도였다. '오 부대주님, 저거 할 수 있습니까?' 하고 멍하니 나온 중걸의 질문에 '아니, 못 해'란 오현의 답이 나왔다.

"나 개새끼 하나 쳐 죽여야 하는데 도와주시면 안 돼요?"

제63장
함정(陷穽)(二)

싱긋.

화사하게 웃는 한비연의 모습에서 이화매가 보인 건 절대 조휘만의 착각이 아니었다. 공작대 전원이 한비연의 미소에서 이화매를 엿봤다. 저런 말을 저렇게 웃으면서 말할 수 있는 여인은 그들이 아는 한 이화매밖에 없기 때문이다.

"그 개새끼가 화운겸인가?"

"네, 맞아요. 그 개새끼."

"그의 처라고 하지 않았나?"

"였죠. 아니, 곧 될 예정이었어요."

"아아……."

식(式)은 올리지 않았다는 소리다.

"두 분은 돌아가셨다고 들었어요. 그리고 이런저런 일이 있었고, 밑에 사촌지간 어른들이 상단을 운영하고 있다고 해서 인사드리러 온 참이었어요."

여전히 뭔가 위험천만한 미소가 깃든 얼굴로 말하는 한비연. 하지만 조휘는 피식 웃고 말았다. 저걸 믿으라고? 지나가는 개를 보고 호랑이라고 믿으라는 것과 같았다.

"병신이 아니라면 그걸 믿을 놈은 하나도 없다는 건 잘 알지?"

"네, 알죠. 아주 잘 알아요!"

으득!

이빨이 부러진 게 아닐까 싶을 정도로 거친 소리가 들렸다. 실제로 '아씨!' 하면서 한비연은 고개를 돌려 입을 가리고 뭔가를 뱉어냈다. 순식간에 지나가 뭔지는 잘 못 봤다. 하지만 뭔지 감은 온다.

이빨 부스러기가 아닐까?

"근데 진짜 지금 제 상황이 그래요. 못 믿으시겠지만 지금 제 꼴이 그래요. 속아도 아주 제대로 속았다고요. 흐흐, 으흐흐."

그 말을 끝으로 으스스한 웃음을 흘리는데 그게 또 진짜 같았다. 솔직히 말해 조휘는 지금 저 말을 거의 안 믿고 있었다. 확률로 말하자면 이 할 정도. 아니, 일 할 정도다. 아니, 그것도 아니다.

그냥 안 믿는다.

생각해 봐라.

화운겸이 처(妻)라고 소개한 한비연이다. 근데 그 화운겸은 동창이든 서창이든 분명 황실 기관 중 하나에 몸담은 배신자다. 그건 확정적이다. 만약 아니라고 하더라도 놈은 죽는다. 어떤 증거를 대더라도 오해를 풀기란 아마 불가능할 것이다. 그런 상황인데 툭 튀어나와 묵언의 후예라 하고, 나아가 이제는 다시 화운겸을 죽이고 싶으니 도와달라고?

누가 믿나, 이걸.

지나가던 개도 콧방귀를 뀌며 고개를 돌릴 소리다.

스르륵.

조휘가 멀쩡한 의자에 앉았다. 탁자는 이미 제 기능을 못 하니 손을 올려놓을 데가 없어 팔꿈치를 무릎에 댔다. 그러니 자연히 상체가 앞으로 쏠렸다.

"그래봐야 누구도 안 믿어. 아니, 못 믿지. 실수? 사기? 그건 그쪽 사정이고 이쪽은 당신의 사정을 들어줄 이유가 하나도 없어. 내가 지금 이렇게 당신과 얘기하고 있는 것도 당신이 목에 걸고 있는 목걸이 때문이야. 그게 아니었으면 당신은 여기서 뼈를 묻거나, 아니면 우리를 다 죽이고 유유히 빠져나가거나 둘 중 하나를 택해야 했을 거야."

"……"

거짓말이라고 네 사람의 의견이 일치했다. 그러니 당연히 웬만한 얘기가 아니라면 전투는 벌어지지 않았을 거다. 그런데 굳이 이런 말을 하는 건 한비연의 대화를 잘라 버리기 위해서였다. 한비연의 말이 진실이라고 쳐도 굳이 그걸 듣고 싶지도 않았고 그녀의 바람을 들어주고 싶지도 않았다.

화운겸.

'놈은 내 거다. 아니, 공작대의 몫이다.'

그렇게 정했다.

전사한 공작대원은 전부 신입이었다. 조휘의 순간적인 판단과 명령에 기존의 공작대는 전원이 피했다. 조금 늦었어도 신입들도 잘 반응했다. 전사자들은 가장 늦게 반응한 이들이다. 그렇다고 신입들의 잘못은 아니다. 잘못은 모조리 화운겸 그 배신자의 몫이다. 그러니 그들의 넋을 풀려면 화운겸의 목, 팔다리, 몸통, 사지 전체가 필요했다. 그게 한비연의 말이 온전히 사실이라 하더라도 조휘가 들어줄 수 없는 이유였다.

솔직히 조휘는 한비연과의 대화가 시간낭비라는 생각이 들기 시작했다. 대화를 마무리하고 싶었다.

그래서 자리에서 일어나 말없이 등을 돌렸다.

"내가 길을 열어줄게요!"

"……"

길?

잠깐 멈칫했다.

뭔가 오해를 하고 있는 것 같다. 그러니 그 오해, 이번만큼은 친절히 정리해주기 위해 등을 다시 돌렸다.

"우리가 힘이 없어 이렇게 참고 있는 줄 아나?"

"어, 아니었어요?"

"아니지. 우린 단지 의견이 맞지 않았을 뿐이다. 난 다 죽이고 싶은데 여기 우리 군사가 최소한의 피해만으로 놈을 죽이자고 했거든. 그래서 지금 기다리는 것뿐이야."

"아……"

"내 의견이 관철됐으면 이미 청도는 불바다가 됐다. 어떤 방법을 써서라도 벽을 불태우고 안으로 들어가 놈의 사지육신을 갈가리 찢어버렸을 거야."

"……."

이번에는 한비연이 침묵했다. 하지만 눈빛은 좋지 않았다. 침묵한 눈빛은 마치 '놈은 내 건데!' 하고 항변하는 것 같았다. 그 항변조차 마음에 들지 않은 조휘는 다시 한 번 쐐기를 박았다.

"혹시 몰라서 얘기해 주는데, 놈에게 손끝 하나 대봐라. 그땐 아마 지금처럼 대화가 아닌, 서로 칼을 겨눠야 할 거다."

"그래야겠네요. 나도 포기할 생각 없으니까."

피식.

"그러든가."

경고를 무시하겠다는 한비연이다.

이상하다고? 아니, 이상할 것 없었다. 내 복수의 대상은 내가 잡는다. 이건 절대 이상할 일이 아니었다. 이화매도 그랬다. 힘을 가진 자의 횡포라고? 그럼 어쩌랴. 그런 시대인데. 내 의지를 관철할 수 있다는 것 자체만으로도 축복 받은 세상이다. 여기에 문제가 있다면 한비연도 조휘처럼 의지를 관철할 힘을 가졌다는 부분이다.

이게 마음에 걸렸다.

"조현승."

밖으로 나온 조휘는 바로 조현승을 불렀다.

"네."

"얘기 좀 하지?"

"네."

한비연.

저 여자 때문에 지금 조휘의 마음에 조급함이 생겼다. 시간을 끌다가는 뺏길 것 같은 불길한 조급함이었다.

＊　　　　＊　　　　＊

청도의 밤.

항구의 밤은 밝다.

이유야 당연히 지켜야 할 창고가 많고, 뱃사람들을 위한 밤 문화가 꽤 활성화되어 있기 때문이다. 밤 문화란 당연히 기루를 말한다. 그런 기루가 밀집되어 있는 곳은 남문 쪽이다. 항구, 창고와 맞닿아 있는 지역이기 때문이다. 그래서 이곳은 번잡하기 그지없었다. 하지만 조현승은 군이 이쪽을 침입로로 설정했다.

목표 지점은 청도성주의 관사.

그곳은 남문으로 들어서 북서쪽으로 빙 돌아가 성의 중앙 공터를 지나 불룩 튀어나온 둔덕에 자리 잡고 있었다. 그래서 접근이 굉장히 까다로운 곳이기도 했다. 사방이 트여 있어 접근하는 모든 이를 관찰하기 용이한 설계였기 때문이다. 하지만 그렇다고 아예 방법이 없는 것은 아니었다.

조현승은 일단 청도 오홍련 지부의 통제권을 손에 넣었다. 지부의 인원은 약 백여 명. 문서를 처리하는 이들을 뺀 약 육십여 명이 모두 전투에 능한 이들이다. 물론 공작대만큼 실력이 있는 건 아니지만 쓰기에 따라선 아마 굉장한 전력이 될 것이다. 그리고 조현승 그는 용병술이 뛰어난 이였다.

콰앙!

조휘가 번잡한 남문로에서 관저의 삼분지 이 지점에 도달했을 때 어둠을 찢어발기는 폭발 소리와 화광이 저 멀리서 번쩍였다. 조현승이 청도지부 대원들을 이끌면서 타격전을 시작했다는 소리다.

그를 지원하기 위해 중걸과 악도건, 그리고 오현이 공작대원 열을 데리고 빠졌다. 따라서 조휘는 현재 그 셋과 열을 뺀 나머지 공작대원을 이끌고 있었다. 삼 인 일 조로 퍼져서 남문로 전체를 뚫고 올라가는 공작대다. 변장까지 하고 올라가는 공작대는 현재 그 어떤 검문과 전투도 벌이지 않은 채 순탄하게 올라가고 있었다.

콰앙!

또 한 번 폭음이 터졌다.

넘실거리는 화마를 보며 조휘는 잠깐 이동을 멈췄다. 첫 번째 폭발과는 완전히 다른 위치에서 터졌다.

"햐!"

옆에 쪼그리고 앉아 있던 이화가 감탄을 흘렸다. 첫 번째 폭발과 반 다경 정도의 차이를 두고 터진 폭발.

이게 주는 의미는 꽤나 컸다.

일단 적의 규모를 확인하기 어렵다. 두 번째는 공격, 침입로를 찾기 힘들다. 동시다발적인 공격이 가지는 가장 큰 이점이다. 게다가 주의를 엄청 산만하게 만든다. 여긴가? 아니, 저쪽에서도 터졌는데?

근데 다시 콰앙 하고 다른 곳에서 터지면?

머릿속에 든 생각이란 것 자체가 실타래처럼 꼬여 버린다. 어디를 경계해야 하지? 어디를 방어해야 하지?

순간적으로 혼선이 오고, 그 상황에 지금처럼……

콰과광!

진지(陣地) 안쪽에 폭탄이 떨어졌다. 거리상 분명 진지 안이었다. 벽 안쪽에 터지면 혼이 쏙 달아난다.

진천뢰가 가진 위력이다. 굉음은 이성을 마비시키기 아주 좋은 촉매제이니 말이다. 게다가 어떤 작전에서도 쓸 수 있다. 활용 가치가 무궁무진하다는 장점이 정말 매력적인 전략 무기다.

"슬슬 시간이 돼간다. 빨리 움직여야겠어."

"네."

"예이."

조휘의 조인 은여령과 이화가 각기 다른 성향의 답을 내놓았고, 그 답을 들은 조휘는 몸을 움직이려다가 멈췄다. 끈적끈적하고 농후한 기세. 아주 대놓고 경고하고 있었다. 나오지 마라. 나오면 죽는다.

조휘는 손을 들어 한쪽을 가리켰다. 이화가 그 손가락을 톡 쳐서 알겠다는 신호를 주고는 그 작고 재빠른 몸을 날렸다.

타다다닷!

따다다당!

그녀가 땅을 박차는 소리를 열 배 이상 증폭시킨 소음이 곧바로 뒤따라왔다. 지면이 퍽퍽 소리를 내며 터져 나갔다. 하지만 늦었다. 이화는 이미 조휘가 가리킨 장소에 몸을 숨겼다가 다시 다른 곳으로 이동했다. 어둠 속으로 사라진 이화를 잠시 보다가 다시 슬쩍 전방을 보는 조휘. 총을 가진 놈들이 전방에 숨어 있다. 근데 훈련이 제대로 안 된 놈들인지 기세를 사방으로 뿌리고 있었다. 그렇다면 어떻게 알았을까? 유능하거나 아니면 경험을 제대로 쌓은 지휘관이 곁에 있는 게 분명했다. 그리고 그도 경로를 이미 예측했다는 소리이고.

"쉽게는 안 죽어주겠다 이거지?"

화운겸.

이놈, 분명 쉽지 않은 놈이었다.

이 정도 능력을 보여주니 그때 조휘와 은여령, 공작대 전체를 속여 넘긴 것도 운이 아니었다. 물론 그것도 조휘가 청도에 나타난 정보가 어딘가에서 흘렀기에 나온 결과이긴 했다. 이건 이미 보고했으니 이화매가 알아서 할 일이었다.

그러니 그딴 건 신경 끄고 지금은 욕구를 채울 때였다. 온몸을 잠식하려고 애쓰고 있는 이 복수심, 분노. 그 아이들의 소원을 풀어줘야 할 때였다.

퍽! 퍼버벅!

둔탁한 소음이 여러 차례 흘러나왔다.

진원지는 총소리가 난 장소였고, 그 소리에 은여령과 조휘가 바로 반응했다. 서로 갈지자를 그리며 놈들에게 달려갔다.

탕!

퍽!

조휘가 피한 장소에 탄이 박혔다. 한 바퀴를 구르고 일어나며 뿌리는 손짓에 시꺼먼 비도가 어둠을 가르며 날았다. 반짝이는 총구 위에서 푹 소리를 내며 멈추는 비도. 뒤이어 꾸르륵하는 소리가 들렸다.

빠각!

한 놈이 어둠 속에서 불빛 사이로 튕겨져 나왔다. 이화가 후려친 놈이다.

스릉!

어느새 쌍악을 뽑아 든 조휘가 상체를 바짝 숙이고 다시 상체를 세우는 놈에게 달려갔다. 조휘의 발걸음 소리를 그제야 들었는지 급히 신형을 돌려세우지만 이미 조휘는 백악을 놈의 어깨에 꽂아 넣고 이어 흑악으로 크게 원을 그려 앞에서부터 안듯이 다가가며 심장에 꽂아 넣었다.

푸국!

살을 파고들어 가는 기괴한 소리.

이건 즉사다.

동시에 칼을 뽑자 피가 분수처럼 솟구쳤다.

솟구친 피가 바람에 흩날리는 꽃잎처럼 바스러져 사방으로 뿌려졌다.

때마침 불어 닥친 강풍 때문이다.

휘잉!

서늘하게 등골을 스쳐 지나가는 새벽녘의 강풍이 뜨겁게 타오르려던 조휘의 정신을 때렸다.

분노로 번들거리던 눈빛이 급속도로 식으며 감각이 확 열렸다.

콰웅! 콰앙!

두 번의 폭발이 짧은 시간차를 주고 일어났다. 저 멀리 화마가 일렁이며 어둠을 찢는 모습이 보인다. 그걸 확인하는 순간 옆으로 스쳐 지나가는 새까만 그림자, 그리고 펼쳐지는 빛의 궤적.

서걱!

은여령의 발검이 적의 머리 하나를 깔끔하게 떼어냈다. 빙글빙글 공중에서 구르는 머리는 기괴하기 그지없었으나, 이는 조휘와 공작대에게 상황이 매우 좋다는 것을 뜻했다.

빡!

박 깨지는 소리와 함께 다시 어둠 속에서 시꺼먼 인형 하나가 튕겨져 나왔다. 이번에도 이화의 손속에 튕겨 나온 적이다. 조휘는 먹이를 노리는 맹수처럼 득달같이 달려들었다.

스걱!

흑악이 바닥에 쓰러진 놈의 목젖을 단박에 갈랐다. 비릿한 혈향이 사방으로 퍼졌다. 그런 일련의 과정이 몇 번 더 벌어지자 첫 번째 교전이 끝났다. 매복하고 있던 적의 수는 여덟. 전부 직졸(職卒)들이었고, 뼈와 살이 갈려 목숨이 날아가는데도 신음 한번 지르지 않는 걸 봤을 때 이미 정체는 눈치채고 있었다.

조휘는 이화가 마지막으로 붙잡은 놈에게 다가갔다. 이화는 양 무릎으로 놈의 두 팔을 밟고 위에 올라타 머리채를 잡은 뒤 아가리에 목도를 쑤셔 넣고 있었다. 조금이라도 움직이는 순간, 목도는 나무 주제에 입안을 그대로 관통할 것이다. 작다고 무시하면 안 된다. 이화는 특정 지형 조건이라면 조휘도 잡을 수 있는 실력자였다.

서걱!

슥! 스각! 스각!

조휘는 일언반구도 없이 양 발목 뒤와 양 손목을 그었다. 예리한 흑악이 아무런 장애도 없이 근육과 심줄을 끊었다.

그런데도 이놈은 신음 한번 흘리지 않았다.

"동이면 고개를 끄덕이고 서면 저어라."

"······."

아무런 행동도 없다.

이게 목숨과 연관된 말이라는 걸 아마 놈도 알고 있었을 거다. 그런데도 말하지 않는다. 정말 지독한 놈들이다.

"그래, 말 안 할 줄 알았다."

푹!

면이 넓은 백악이 그대로 심장을 뚫고 들어갔다. 다른 작전이었다면 잡아다가 입을 열게 하겠지만 지금은 아니었다. 이놈 말고 화운겸을 잡아야 하는 작전 중이다. 즉 잔챙이는 버리자는 마음이다.

게다가 약속된 시각까지 가야 한다. 고문할 시간이 없었다.

"으아아악!"

저 멀리서 비명성이 들려왔다. 바람결에 화연과 함께 실려 온 비명에는 극한의 고통, 공포가 스며들어 있었다.

보니 장산이 있는 쪽이다. 저쪽에는 좀 전 이놈들처럼 동창이나 서창의 요원들로 구성된 건 아니어 보였다. 기관의 요원들이었다면 저런 처절한 비명이 울릴 리가 없었다. 조휘는 말 없이 다시 움직이기 시작했다.

조휘의 이동은 빨랐다.

청도의 지형을 제대로 숙지했고, 그래서 거침없이 골목을 통해 쭉쭉 앞으로 나아갔다. 얼마나 빠른지 어둠 속에서 마치 날랜 묘(猫) 한 마리가 움직이는 것 같았다. 물론 이화와 은여령은 더했다. 둘은 체구도 작고 조휘보다 이동도 빨랐다.

콰앙!

또 한 번 폭음이 울렸다.

이젠 폭음이 제법 가까워졌다.

청도의 중앙에 거의 근접했기 때문이고, 슬슬 두 번째 작전을 실행할 때였다. 하지만 아직은 아니다.

좀 더 기다려야 했다. 아직 공작대 전원이 도착하지 않았다. 공작대만 쓰는 특유의 소성이 울리지 않았다.

조현승을 지원하러 간 열 명을 빼면 못해도 열 번은 울려야 한다. 하지만 지금까지는 고작…….

삑, 삑삑!

'세 번…….'

비슷하게 도착했는지 소리는 딱 세 번밖에 안 났다. 아마 몇몇 발이 빠른 조나, 아니면 전투가 쉽게 끝난 조가 일찍 도착한 모양이다. 사실 침투로는 조휘가 제일 길었다. 가장 외곽으로 돌아온 것이다. 그런데도 늦다는 건 열 개 조 전체가 지금 전투를 치르고 있다는 뜻이다.

하지만 조휘는 걱정하지 않았다.

공작대.

극한까지 단련한 놈들이다.

겨우 이 정도로 죽어 나자빠질 놈들이었다면 조선에서 이미 모조리 죽어나갔을 것이다. 경험이 쌓인 공작대는 이젠 상위권 세 명만 되어도 조휘의 등골을 서늘하게 할 정도의 전투력을 보인다.

그런 놈들이 고작 직졸들 따위에게 고전할 리가 없었다.

삑, 삐삑!

또 피리 소리가 세 번 들렸다. 이로써 조휘를 뺀 여섯 개 조가 도착했다. 이제 앞으로 네 번만 더 들리면 조휘가 다른 신호를 보낼 것이다. 그때가 두 번째 작전의 시작이다.

저 멀리 둔덕 위, 환하게 불이 들어온 성주의 관저가 보인다. 놈이 있는 곳이 저곳이다. 아직까지 화운겸이 어떤 위치에 있는지는 모르지만 저곳을 사용할 수 있다는 것 자체만으로도 범상치 않은 위치가 분명했다. 아니, 애초에 기존 동창, 서창의 직졸들과는 급이 다른 요원들을 기습에 배치했을 정도이다.

심혈을 기울였다는 소리이고, 그 중심에 화운겸이 있었다. 조휘는 못해도 화운겸이 우광보다는 높은 위치에 있을 거라고 봤다.

삑!

피리 소리가 들렸다.

이걸로 일곱 번.

이제 세 번 남았다.

조휘는 끈질기게 기다렸다. 마음 같아서는 빨리 작전을 시작했으면 싶었다. 하지만 그럴 수가 없었다.

조현승이 내놓은 작전은 자신이 경계병의 혼을 쏙 빼놓고 팔방에서 진천뢰로 타격 후 아예 벽을 허물어 버리는 게 목표였다. 화운겸을 지키는 정예들이야 어차피 도망은 안 갈 것이다. 하지만 밖에 벽으로 세워진 정규군들은 다르다. 훈련도도 그다지 별로인 정규군쯤은 혼을 쏙 빼놓은 다음 한 방에 진천뢰를 관저로 뿌려 공포를 극대화, 알아서 도망치게 하자는 거다. 조휘는 처음엔 고개를 저었다.

확실히 일리 있는 말이었지만, 그걸로 정규군을 흩어놓을 수는 없다고 생각했기 때문이다. 하지만 조현승은 인간의 공포심은 잘만 자극하면 된다고 했다. 두 사람의 의견이 부딪쳤는데, 뜻밖에도 오현과 은여령이 조현승의 손을 들어줬다.

충분히 가능하다고 하면서.

그렇게 지금까지 왔다.

'안 되기만 해봐. 바로 쫓아낸다.'

조현승.

이화매가 붙여줬고, 조현승 본인도 원했다고 들었다. 그의 합류로 공작대가 더 제대로 된 작전을 할 수 있다고 해서 받았다. 근데 첫 번째 작전부터 삐끗한다면? 그에 대한 신뢰는 아마 바닥으로 처박힐 것이다.

삑! 삑! 삑!

그런 생각을 하고 있는데 시간차를 두고 피리가 세 번 연달아 울렸다. 그 소리에 정신이 퍼뜩 든 조휘는 목에 걸린 호각을 꺼냈다. 그리고 길게 불었다.

쿼리리리리리링!

혼을 빼놓는 기괴한 피리 소리가 청도성 중앙에서부터 울렸다. 그리고 그 소리에 관저의 꼭대기에서 환히 웃는 자가 있었다.

* * *

"시작했네."

얼굴이 하얗다. 창백하다 못해 새하얗게 보이는 피부를 가진 미청년이 싱긋 웃었다. 알아듣기에 무리가 없는 한어(漢語)이지만 뭔가 살짝 어긋나게 들렸다.

"보고 있습니다."

그런 사내의 말을 화운겸이 받았다. 그의 눈빛은 조휘가 봤을 때와는 완전히 달랐다. 유순해 보이던 인상은 아예 사라졌고 굉장히 무뚝뚝한 인상만 남아 있었다. 적무영. 조휘의 원수와 비슷하지만 뭔가 다른 느낌이 있다. 좀 더 옅고 좀 더 부족한 그런 느낌이다.

"저 안에 분명 마도가 있겠지?"

"물론입니다. 제 눈으로 확인했으니까요."

"후후, 하하하!"

화운겸의 말에 새하얀 사내가 즐겁다는 듯이 웃었다. 하지만 눈빛은 살광으로 번들거리고 있고, 미소 속에도 끈적끈적한 살의가 가득했다. 누가 봐도 정상인의 모습이 아니었다. 말을 제대로 하는 것 자체가 신기할 정도로 미쳐 있는 자.

화운겸은 힐끔 사내가 옆구리에 차고 있는 투구를 바라봤다. 새까만 뿔이 돋아난 투구. 악귀 형상을 본떠 일반인은 어둠 속에서 투구를 착용한 모습만 봐도 오금 저리거나 기절할 만큼 기괴한 형상이었다.

"오래 기다렸는데… 그의 제안을 받아들이길 참 잘했어. 아하하."

"……"

화운겸은 이 사내의 입에서 나온 '그'가 누군지 알고 있다. 자신의 목숨을 쥔 자. 성격은 물론 일신에 지닌 무위마저 숨기고 자신을 찾아온 자. 한눈에 모든 것을 꿰뚫어 보고 두 번은 없다고 협박을 던지고 떠난 자.

화운겸은 그때 알았다.

감히 단정 지을 수 있었다.

이자 적무영은 감히 이 땅 위에 적수가 없을 것이라고. 화운겸은 자신의 부친이 운영하는 화양상단이 오홍련의 비밀 지부 중 하나라는 걸 알고 있었다. 그리고 오홍련의 주인 이화매와 적무영을 비교해 봤다.

황실을 장악해 무소불위의 권력을 한 손에 쥐었고, 다른 한 손에는 북경 안의 모든 상단의 금력을 틀어쥐었으며, 머리에는 감히 측정할 수 없는 귀계가, 전신에는 그 이상의 무력이 담겨 있는 게 그가 본 적무영이다.

후한의 조맹덕?

그 이전의 초패왕 항우?

수많은 영웅호걸이 존재했지만, 화운겸은 장담할 수 있었다. 무의 상실 시대가 없었어도 적무영은 정말 한 손에 꼽을 수 있을 정도로 특별한 자라는 것을.

그래서이다.

그래서 배신했다.

이자를 이길 수 있는 자 따위 현세에는 존재치 않을 테니까. 스스로 상실 시대 무영의 맥을 이었다고 했지만 그런 것이야 상관없었다.

화운겸은 스스로 적무영의 협박을 받아들였다. 어쩔 수 없어서가 아닌, 본인 의지로 그의 밑으로 들어간 것이다. 여기에도 이유는 당연히 있었다. 대세를 거스르지 않는 것, 그게 이유였다. 화양상단의 일. 솔직히 말하자면 그건 화운겸 본인의 짓이었다. 일을 실행한 것이야 밑의 것들이지만 꾸민 건 화운겸 본인이란 소리다.

천륜마저 저버렸다.

대세를 거스르지 않기 위해서.

솔직히 말하자면 이건 인간이 해선 안 될 짓이다. 그건 스스로도 알고 있었다. 그러나 이미 기울어가는 나라. 만력제는 답이 없는 상황에 나타난 적무영.

'차라리 그를 도와 대제국을 건설하자.'

이게 본질적인 이유였다.

다른 이에게는 그게 이유로 충분하지 않을 것이다. 왜? 정상이니까. 하지만 화운겸은 정상이 아니었고, 그래서 그걸로 충분했다. 천륜을 저버리는 것조차도 그거 하나면 족하다는 뜻이다. 화운겸은 통렬하게 느끼고 있었다. 어차피 정상이 아닌 자들의 손에 의해 역사는 바뀐다. 그건 누천년 중원의 역사가 증명하고 있었다. 화운겸에게 명나라는 그렇게 탄생한 나라였다.

'나는 실수하지 않았어.'

화운겸은 온전한 정신을 가진 미친놈이었다. 이 또한 돌연변이라 할 수 있었다. 그런 화운겸에게 유일하게 걸리는 건 장래를 약속한 연인이었다. 아니, 이제는 헤어진 연인이다.

아무것도 모르고 만났지만 그래도 사랑했으니까.

하지만 이제 그녀와의 연도 끝이다.

힐끔.

다시 옆의 사내를 보는 화운겸. 사내는 여전히 살심으로 번들거리는 웃음과 눈빛을 하고 있었다. 겨울이 넘어가기 전, 적무영의 서신을 받아 왜로 보냈고, 그 서신을 들고 찾아온 자다. 그 후 이 사내의 머리에서 나온 게 지금의 작전이다.

콰앙! 콰과광!

지독한 폭음이 연달아 울렸다. 그런데도 사내는 눈 한번 깜빡하지 않고 일렁이는 화마를 노려봤다.

"그랬지. 나를 물 먹였을 때도 저걸 썼지. 후후."

"그랬습니까?"

"그래, 저걸 모르고 있다가 아주 제대로 당했다고? 그 일은 내 인생에 치욕으로 남았고. 마도, 마도 진조휘… 보고 싶었어. 만나고 싶었어."

"……."

"어서, 어서 올라와. 내가 있는 이곳으로."

사내의 읊조림은 역시 소름 끼치는 구석이 있었다. 하지만 역시 적무영에 비하면 세 발의 피다. 부족해도 한참이나 부족했다.

"시작됐다."

"네."

하늘을 가득 매우는 새까만 원형 물체. 둘은 저게 뭔지 아주 잘 알고 있다. 하지만 겁먹지도 않고 그게 포물선을 그리며 바닥에 떨어질 때까지 지그시 바라봤다. 노려보는 것도 아니고 그냥 바라봤다.

쾅! 콰과과광!

청도가, 천지가 검붉은 화염과 함께 마구 흔들렸다.

조현승의 말이 옳았다.

진천뢰의 연쇄 폭발은 정규군의 정신을 완전히 털어버렸다. 애초에 훈련도 제대로 안 되어 있는 정규군이다. 게다가 실전 경험도 없었다. 있어봐야 인근 산적 토벌 몇 번 해본 게 전부이다. 하지만 그때야 사방에서 옥죄어 그냥 포위, 섬멸. 쉽게 싸웠으니 그건 경험이라고 할 것도 없었다.

진짜 경험은 정말 내가 살기 위해 적의 목숨을 끊어놓기 위해 발악하는 게 진짜 경험이다.

근데 이놈들은 그런 것도 없고 이런 폭음과 화마에 대한 내성도 없었다. 즉 애송이 중의 애송이라는 뜻이다. 작정하면 조휘가 뢰주 군영에 있던 시절 이끌던 타격대로도 모조리 쓸어버릴 수 있을 것이다.

"으악! 으아악!"

"살려줘! 죽기 싫어!"

비명을 지르면서 창칼, 방패까지 모조리 집어 던지고 사지로 뿔뿔이 흩어지기 시작했다.

기꺼웠다.

순식간에 텅텅 비어가는 관저의 주변을 보면서 조휘의 입가에는 역시 미소가 머물러 있었다. 이렇게 생각한 대로 작전이 흘러가면 마음이 너무 편하고 좋다. 게다가 조현승의 실력을 확인한 것 같아 더욱 기꺼웠다.

'집중!'

머리를 털며 조휘는 앞을 노려봤다.

새빨간 화마가 너울거리고 있는 관저 주변. 흡사 전쟁이라도 난 모양새다. 아니, 전쟁이 맞았다. 황실과 오홍련의 전쟁. 조휘는 주변을 샅샅이 살폈다. 일단 정규군 병력은 흩어졌다. 조현승이 원한 부분이 이뤄졌다.

'그러니 이제부터지.'

병력을 흩어냈으니 저 관저에 남은 놈들이 이제 진짜 목표이다.

찌릿!

꼭대기를 보고 있는데 범상치 않은 감각이 느껴졌다. 마치 어둠이 너울거리며 최상층을 감싸고 있는 착각이 들었고, 신화 속에서나 나올 법한 요괴가 살고 있는 게 아닌가 하는 생각이 들 정도로 기분 나쁜 감각이다.

'근데 어디서 느껴본 것 같은데…… 화운겸, 너 뭐냐?'

이 정도의 기세를 가지고 있으면서 대체 어떻게 이목을 숨길 수 있던 걸까? 자신의, 은여령의, 공작대 전체의 감각을 대체 어떻게 감쪽같이 피할 수 있었던 걸까? 풀리지 않는 의문이다.

그래서 화가 났다.

그걸 눈치채지 못해 애꿎은 공작대 다섯이 죽었으니까. 그 불쌍한 놈들의 복수, 오늘이 아니면, 지금이 아니면 분명 제대로 해줄 수 없을 것이다. 왜? 지금 해야 감정이 마모가 안 된 온전한 마음으로 놈을 찢어발길 수 있기 때문이다.

그것만 바란다.

지금 당장은 그것만 생각한다.

'아직, 아직이냐?'

조현승의 신호가 울리지 않았다.

정규군은 대부분 흩어졌다. 남아 있는 자들이라고 해봐야 몇십도 안 된다. 근데 그마저도 혼란에 빠져 있으니 지금 밀고 들어가도 그냥 서 있는 표적지 정도밖에 안 된다. 그러니 들어가도 무방한데 조현승은 아직이라고 판단한 걸까?

신호가 오질 않는다.

뭐가 문제지?

조휘의 마음속에 초조함이 싹텄다.

하지만 그렇다고 해도 현재의 엄폐 장소에서 몸을 빼지는 않았다. 조급하다고 마음대로 행동할 정도였다면 조휘는 이미 예전에 죽었을 거다. 조휘는 다시 청도성주의 관저를 바라봤다. 새빨간 불빛에 둘러싸인 관저는 흡사 마천루를 연상시켰다. 새까만 어둠과 새빨간 화염이 조화를 이루어 굉장히 칙칙한 분위기를 자아냈다. 처마개수를 살펴보니 이전에 오홍련에서 받은 정보처럼 딱 아홉 개, 무려 구층이다.

놈은 구층에 있을 것이다.

최종적으로 잡아야 할 악당이 입구부터 등장하지는 않을 테니 말이다.

탕!

조휘를 기점으로 북서쪽에서 총소리가 들렸다. 타닥타닥 불타는 소리만 들리던 터라 그 소리는 유난히 크게 들렸다.

하지만 그게 시작이었는지 연달아 총소리가 들렸다. 거리가 상당히 있어 고막을 자극하진 않았지만, 충분히 등골이 쭈뼛설 정도는 됐다.

꾸욱.

은여령이 조휘의 소매를 잡았다.

슥슥슥.

'조 군사가 위험한 것 같아요.'

'왜?'

'누군가 내려왔어요. 굉장히… 강한 자예요.'

'……'

흙바닥에 잠시 나눈 필담에 조휘는 입술을 깨물었다. 강자. 전혀 생각지도 못한 단어이다. 조휘는 다시 바닥에 휘갈겼다.

'화운겸?'

'모르겠어요. 굉장히 강해요. 느낌으로는… 왜놈들의 흑각과 비슷해요.'

'흑각? 흑각이 왜?'

적무영은 황실에 있다.

놈이 여기 있을 가능성은 거의 영 할에 가까웠다. 그런데 흑각? 이건 뚱딴지같은 소리다. 하지만 조휘는 바로 고개를 저었다. 뚱딴지? 한비연도, 화운겸도, 그리고 주변의 지금 돌아가는 꼴 자체가 뚱딴지다.

이 세상 자체가 뚱딴지같단 소리다.

여기에 흑각이 있는 것?

그건 하나도 이상하지 않은 상황이다.

도리어 더 이상한 뭔가가 나와도 아마 조휘는 그러려니 할 것이다. 워낙에 황당한 경우를 많이 당했기 때문이다. 그러니 그냥 대처만 하면 된다. 오현으로는 흑각을 막지 못한다. 중결과 악도건이 있어도 마찬가지다. 공작대원 열이 같이 있어도 또한 마찬가지다.

'앞장서.'

'네.'

눈짓을 한 조휘는 바로 움직이는 은여령의 뒤로 붙었다. 무서워서 뒤에 선 것이 아니고 기척을 느끼는 건 은여령이 한 수위기 때문이다. 빠르게 내달리는 은여령. 점차 그녀의 걸음에 가속이 붙기 시작하자 그제야 조휘도 느껴졌다.

희미하나 확실한 적의가 느껴지는 짜릿한 기세. 조현승은 북쪽에 있었고, 기세의 주인은 그쪽으로 향하고 있었다. 예전과는 다르게 이제는 확실하게 느껴졌다. 기파, 혹은 기세라 불리는 것이 더욱더 피부에 정확히 와 닿았다. 이것도 무력의 진일보가 낳은 상황이지만, 아직 제대로 정립조차 못한 상태이다.

파바박!

불씨가 남은 목책을 그대로 타넘은 뒤 아직까지 도망치지 않은 정규군의 벽을 은여령은 단숨에 뚫고 들어갔다.

빠각!

검집째 휘두른 일격에 컥 소리를 내며 병사 하나가 그대로 허공에서 한 바퀴를 돌며 쓰러졌다. 가공할 속도에서 나온 검격이다. 일반 병사 따위가 받아낼 수 있는 공격이 아니었다.

'뭐야! 죽여!' 하는 소리가 들렸다.

기껏 조현승이 살려줬는데, 남아 있다는 건 죽여도 된다는 뜻으로 조휘는 받아들였다.

스릉!

거친 소리와 함께 뽑혀 나온 쌍악이 어둠 속에서 서슬 퍼런 독니를 드러냈다.

파바박! 쉬익!

그대로 몸을 날린 조휘는 흑악을 가장 앞에 있는 놈의 양 쇄골 사이에 쑤셔 박았다.

비명조차 지르지 못하고 크륵 하고 거친 기침을 토해냈는데 그게 유언이 됐다. 흑악을 뽑아내며 바로 발로 툭 차고, 백악이 목젖을 가르고 지나갔기 때문이다. 쩍 벌어진 목 사이에서 피가 솟구쳤다.

"으, 으악!"

그 광경에 병사 하나가 공포에 찬 비명을 질렀다. 하지만 이미 늦었다. 자세를 잔뜩 낮춘 이화가 이미 조휘를 스치고 지나가 목도로 관자놀이를 후려쳤다. 몸이 절로 움찔거릴 정도로 강렬한 소음이 들렸다. 이건 볼 것도 없었다. 작은 체구라고 무시하지 마라. 단방에 소도 때려잡을 수 있는 괴력이 그녀의 육신에 깃들어 있으니까.

서걱!

다시 머리가 날아가는 소리.

전방에 선 은여령도 조휘와 같은 마음이었는지 적의 숨을 끊는 데 망설임이 없었다.

푹!

이화를 노리던 병사의 창대를 걷어차고 역수로 쥔 흑악을 목 뒤에 꽂아 넣어 거칠게 긁어낸 뒤 뽑아낸 조휘는 바로 소리쳤다.

"위!"

탕!

픽!

서걱!

총소리가 들리고 지면이 터져 나갔다. 표적은 은여령이었다. 하지만 조휘의 경고의 외침이 끝나기도 전에 이미 몸을 앞으로 날려 구른 후 일어서며 다시 적 하나의 가슴을 깊게 갈라 냈다. 회피와 공격에 거의 시간차가 없었다. 어떤 동작에서도 두 가지 전부 가능한 게 은여령이다. 아니, 애초에 그걸 전부 계산에 넣고 움직이는 건지 피하면서도 공격하고, 공격하면서 도 피하는 은여령이다.

이백 년이 다 되어가는 백검문 검술의 총화(總和)를 몸에 담은 무인이 바로 은여령이었다. 물론 조휘도 만만치 않다. 내공만 없을 뿐이지 일반 근접전은 은여령에게도 안 밀린다.

빡! 푹! 푸국!

후려치고, 찍고, 뽑아내고, 모든 동작 간의 시간차가 거의 없었다. 피를 뒤집어쓴 채 다음 먹이를 노리며 눈알을 번들거리니 결국 남아 있던 정규군이 도망치기 시작했다.

"휴우."

짧게 한숨을 내쉰 뒤 다시금 달리기 시작하는 조휘.

깡! 까강!

이미 저 멀리서 쇠와 쇠가 맞부딪치는 소리가 들리고 있다. 분명 흑각과 공작대 간의 전투가 벌어진 것이다.

조휘는 자신이 도착하기 전까지 저 소리가 계속 이어졌으면 싶었다. 비명 소리가 들리지 않았으면 좋겠다고 순간이지만 강하게 빌었다.

파바바박!

깡!

바닥을 박차며 달릴수록 소리는 점차 크게 들려왔다. 저기 앞에 일단의 병사들이 또 보였다. 좀 전에 조진 놈들처럼 아직 남아 있는 정규군이다. 짜증스러웠다. 지금 당장은 저놈들을 신경 쓰고 싶지 않았다. 흑각, 무려 흑각이다. 은여령과 비교해도 결코 떨어지지 않을 정도의 강자가 지금 공작대와 싸우고 있다. 조금이라도 늦으면 피해가 기하급수적으로 불어날 것이다.

"은여령! 먼저 돌아가 지원해!"

"네!"

앞서 달리던 은여령이 조휘의 외침에 대답하고 선회해 달리기 시작했다. 조휘는? 그대로 때려 박았다.

파바박! 후웅!

붕 뛰던 몸이 낙하했다. 곱게 접힌 무릎이 가장 앞에 있던 병사가 들어 올린 방패에 박혔다.

꽈작!

쩍 벌어진 방패.

순간 조휘는 예전에 이것과 똑같은 장면을 만들지 않았나 하는 생각이 들었다. 생각은 생각이고 몸은 정직했다. 아주 착실하게 적의 목숨을 끊기 위해 본능적으로 벌어진 방패 사이로 백악이 쏙 들어가 박혔고, 그대로 힘을 주며 빠르게 내리그었다. 살이 쫙 벌어지며 피가 솟구쳤지만 제가 들고 있던 쪼개진 방패에 막혀 조휘에게 튀진 않았다.

"숙여요!"

뒤에서 들린 소리에 조휘는 바로 상체를 숙였다. 그러자 뒤따라서 '허리에 힘주고' 하는 두 번째 외침도 들려왔다. 그에 또 착실히 따라주는 조휘.

파바박, 꾸욱!

등에 묵직한 무게감이 느껴졌다. 그리고 동시에 압력이 느껴지더니 뒤이어 해방감이 찾아왔다. 이화가 조휘의 등을 밟고 날아간 것이다.

"아자!"

빠각!

훨훨 날아가 중앙에 뚝 떨어지며 이화는 전혀 이 상황과 어울리지 않는 경쾌한 기합을 지르더니 목도로 대장으로 보이는 놈의 정수리를 그대로 박살 내버렸다. 꽥 소리도 못 내고 뒤로 넘어가는 대장을 뒤로하고 이화가 소리쳤다.

"여기서 다 뒈질래요, 아니면 도망갈래요?"

"으, 으으! 이 쪼그만 계집이!"

"계집?"

푹!

아래서 수직으로 솟구친 목도가 이화에게 계집이라고 소리친 십부장의 턱을 뚫고 들어가 박혔다.

"계집한테 턱주가리 뚫리니 기분이 어때? 상큼하냐?"

"큭, 크르륵……."

가래 끓는 소리가 들렸다.

피식.

조휘는 역시 오홍련이라고 생각했다. 저 작은 이화도 화가 나면 이화매 저리 가라 할 정도로 오싹한 모습을 보인다.

스르릉.

쌍악을 집어넣고 풍신을 뽑아내는 조휘.

그아아앙!

물론 그냥 뽑지는 않았다.

서걱!

이화에게 정신이 팔려 있던 병사 하나의 머리가 휙휙 날았다. 솟구치는 머리와 피에 비명이 동시다발적으로 들려왔다.

"이화, 누구 마음대로 기회를 주지?"

"어? 나한테 그 정도 권한도 없어요?"

"없어. 적어도 지금은."

"와! 그건 좀 심한대요!"

"어쩔 수 없거든. 내가 지금 누굴 살려줄 생각이 없어서. 그냥 다 죽이자. 어때?"

의도가 명백하게 숨어 있는 대화이다.

시간 끌지 말고 꺼지라는 의도이다. 그제야 대화에 질린 병사들이 도망쳤다. 조휘는 다시 풍신을 집어넣고 바로 내달렸다.

깡!

까강!

소리는 여전히 나고 있었다.

달리는 조휘의 눈에 적이 들어왔다.

새까만 흑갑을 입고 거대한 참마도를 휘두르는 놈. 익숙한 모습이다. 어디선가 분명 본 복장과 체형, 무기다.

달리던 조휘는 그대로 전장에 난입했다.

은여령이 머리로 떨어지는 참마도를 쳐올리고, 그 순간 조휘의 풍신이 흑각무사의 목으로 떨어졌다.

슈아악!

파바바박!

하지만 그 순간 놈은 기쾌할 정도이다 싶을 정도로 빠르게 몸을 뒤로 빼냈다. 그렇게 상당히 거리를 벌려놓더니 조휘를 빤히 바라봤다.

"이햐, 이제 만났네?"

"……."

이제 만났네?

목소리도 낯이 익었다.

은여령이 옆으로 다가와 '저자' 하고 운을 떼는데, 놈이 시꺼먼 뿔이 뽈록 난 투구를 벗었다.

"나야, 나. 잊었어?"

"아……."

얼굴이 하얗다.

미소 짓고 있는 게 마치 동심 세계의 일그러진 아이 같다. 조휘는 그제야 놈이 누군지 깨달았다.

"모리휘원."

"큭큭! 그래, 나야. 만나고 싶었어."

히죽.

"마도… 진조휘."

그리고 그 소리와 동시에 '시간 좀 끌어줘요' 하고 머릿속으로 파고드는 고운 미성이 있었다.

제64장
찰나의 회피, 구사일생

그 소리에 잠시 멍해졌지만 이내 조휘는 바로 정신을 차렸다. 정신이 멍한 일이 있었지만 정신을 차리고 있어야 한다.

"……."

놈의 눈동자에 넘실거리는 짙은 살기를 보면서 조휘는 놈이 왜 이곳에 있는지를 알 수 있었다. 자신을 지금 이 순간 만나게 돼서 좋아 죽겠다는 표정이다. 이유야 쉽게 유추가 가능했다. 조선 전쟁, 그 첫 번째 전투에서 조휘는 놈에게 아주 거하게 물을 먹였다. 아주 사발째 들고 목구멍을 열어 퍼부었다.

모리휘원. 저놈이 만든 작전을 모두 파토 냈고, 놈이 원하던 결과에서 자신이 원하던 결과로 전부 비틀어 버렸다.

자존심에 금이 가도 쩍쩍 쪼개질 정도로 갔을 것이다. 그게 놈이 이곳에 있는 이유였다. 흔히 말하는 복수.

생명에 대한 복수는 아니고 자신의 자존심에 대한 복수. 그것 때문에 놈이 이곳에 있는 것이다. 근데 그건 놈만 그런 게 아니었다. 조휘도 보고 싶었다. 그때 탈출 마지막에 저놈과 손을 섞고 나서 한 맹세가 있지 않나.

다음에 보면 꼭 죽여준다고.

"그런데 여기 이렇게 턱하니 나타났네?"

본심이 튀어나오자,

"음? 큭큭! 그래, 너도 날 보고 싶었구나?"

"그럼. 아주아주 보고 싶었지. 죽이고 싶은 놈을 못 죽이고 간 경우는 거의 없었으니까."

"아하하! 그래?"

"그래, 스스로 대견해해도 좋아. 넌 내가 죽이고 싶었는데 못 죽인 몇 안 되는 놈 중 하나니까."

"하하하! 그래, 좋아. 대견해할게. 역시 재밌다, 넌."

히죽.

환한 웃음이다.

철없는 동심의 아이가 어떠한 행동과 사물에 매우 즐거워하는 그런 미소였다. 손에 원하던 장난감을 쥐었을 때나 저런 미소가 나올까? 확실히 제대로 된 새끼는 아니었다. 하긴 동심이란 단어를 반어법으로 별호에 넣어 쓰는 놈이다. 제정신이길 기대하는 것 자체가 무리다. 조선에서 돌아온 후 모리휘원에 대한 얘기는 이화매에게 들었다.

아이에서 인격 성장이 멈춘 똘아이. 이화매가 간단히 정리한 놈에 대한 기본 정보이다. 물론 그래서 무서운 놈이라고도 했다. 왜? 동심의 아이들이 그렇듯 저놈은 제가 궁금하면 무슨 짓이든 한다. 그게 사람을 토막 내어 죽이는 해선 안 될 짓이라도 궁금하면 하는 놈이 저놈이다.

왜?

잘못됐다는 걸 모르기 때문이다.

그걸 이해할 수 있는 나이도 아니다. 동심이란 그렇게 어린 아이들에게만 있으니까. 그래서 저놈은 위험하다.

제 목적을 위해서라면 무슨 짓이든 할 새끼니까.

'판이 그려지는데……'

조휘는 화운겸 말고 저놈이 여기에 등장함으로써 얼추 전체적인 그림이 그려지기 시작했다.

"이건 적무영 그 새끼 짓은 아니구나?"

조휘가 슬쩍 물었다.

전투는 소강상태이다. 모리휘원의 등장은 조현승의 이후 작전 진행을 제대로 틀어막았다. 절대로 무시할 수 없는 무력의 소유자이기 때문에 우직하게 강행했다가 받을 피해를 계산했기 때문이다.

"응, 아니야. 내가 한 거야. 널 보고 싶어서."

"궁금한 게 하나 있는데."

"물어봐, 뭐든. 다 대답해 줄게."

놈이 환하게 웃었다.

"내가 여기 있는지는 어떻게 알았나?"

조휘는 이 부분이 계속 궁금했다.

조휘의 이동 경로는 사실 극비에 속했다. 공작대. 먼저 알려

져선 안 되는 임무를 수행하다 보니 조휘와 공작대의 위치는 비선에서도 극비 취급한다. 물론 완전히 숨긴다는 건 있을 수 없는 일이다.

어느 지역이든 도착과 동시에 빠르게 움직인다. 이번 청도도 마찬가지다. 원래라면 화양상단이 준비한 저녁을 먹고 그날 새벽에 바로 출발할 생각이었다. 이렇게 되면 아무리 준비를 한다고 해도 조휘보다 빠르게 움직일 수 없었다.

근데 딱 기다리고 있었다.

"전 지역에 준비시켰고, 내가 널 직접 미행했지."

"아아……."

전 지역이란 아마 공작대가 움직이면서 내릴 장소, 예컨대 항주나 광주 같은 도성이나 해안가에 인접한 현이나 성 중 오홍련 지부가 가장 큰 지역이다. 그 전부에 준비를 시켰고, 모리휘원 저놈이 직접 미행했다고 한다.

'에이, 그래도 어떻게?'라는 생각은 정말 쓸데없는 생각이다. 놈은 흑각무사. 전체적으로 다 뛰어난 능력을 보유한 새끼들에게나 부여되는 계급이다.

아주 멀리서 관찰만 했다면 은여령이나 자신이 모르고 있었다고 해도 무리는 아니었다.

"좋아, 그럼 지금 이렇게 모습을 드러낸 건? 극적인 재회를 바랐다면 저기 구층에서 기다리고 있는 게 훨씬 효과가 좋았을 텐데. 아니면 몰래 짠 하고 나타나거나."

"그냥 보고 싶었거든. 몸이 저절로 움직였어. 사실 우리가 사이만 좋았다면 널 끌어안고 싶을 정도니까."

피식.

역시 제정신이 아닌 새끼다.

마음이 내키면 그대로 행동한다. 그 안에 어떠한 고민도 없었다.

"아직 준비가 안 됐군. 그래서 시간을 끌려고 내려왔어. 맞나?"

"에이, 아닌데? 준비는 다 끝났어. 이제 너만 올라오면 돼. 나는 그냥… 진짜 니가 너무 보고 싶어서 내려온 거야. 하하!"

양팔을 활짝 벌렸다가 천천히 뭔가를 꼭 끌어안는 것처럼 행동하는 모리휘원의 모습에 소름이 끼쳤다.

"으응, 으흐응."

이상한 콧소리까지 낸다. 피부가 가렵다. 소름이 제대로 돋았다.

모리휘원이 다시 그 자세 그대로 조휘를 바라봤다. 몸을 배배 꼬면서.

"나 한 번만 안아주면 안 되겠지?"

미친놈.

답할 가치조차 없는 말을 너무나 진지하게 하는 바람에 즉각 떠오른 욕이 입 밖으로 떠나가지 못했다.

말문이 턱 막힌다는 말, 조휘는 제대로 실감했다. 변질된 애정. 극히 위험한 감정 상태에 이른 모리휘원은 모습은 어찌 보면 희극을 업으로 살아가는 자들과 비슷해 보였다. 우스운 분장을 한 광대, 도저히 종잡을 수 없는 미치광이. 비유할 게 너무 많은 놈이다.

"하하! 맞아. 네 말이 맞아. 아직 준비가 다 안 됐대. 그래서 내가 내려왔어. 아, 시간 끌어서 뭔가 할 생각이긴 한데 다른 지원 병력 같은 건 없으니까 걱정은 마. 너와 나, 우리가 이렇게 만났는데 이상한 놈들 끼어드는 건 별로잖아? 안 그래?"

"거 고맙네."

조휘는 슬쩍 뒷짐을 지고 수신호를 보냈다. 조현승에 보내는 신호이다. 어떻게 할지 결정하라는. 조휘는 모리휘원의 등장에 정신이 차갑게 식었다. 흑각, 무려 흑각이다. 은여령도 승부를 감당할 수 없는 강자.

저놈은 미쳤다.

보통 그런 놈들은 상대하기 쉽다. 뭐에 미쳤는지 알면 대처하기 쉽기 때문이다. 하지만 이놈은 달랐다. 뭘 원하는지 알아도 저놈의 무력이 신경 쓰였다. 그렇기 때문에 신호를 보낸 것이다.

이후 은여령에게 다시 물었다.

모리휘원이 들으라는 듯이 눈을 마주치고서.

"어때, 잡을 수 있겠어?"

"장담할 수 없어요. 붙들어두는 건 가능하겠지만……."

"곤란하네."

그 말에 모리휘원의 얼굴에 경련이 일어났다. 조휘와 은여령의 짧은 대화가 주는 의미를 바로 깨달은 것이다.

"에이, 왜 그래? 그런 대화를 왜 하는 거야? 올라와야지? 내가 다 준비해 놨다니까. 응? 너 화운겸이 잡으러 온 거잖아?

내가 잡아놨어. 저 위에 묶어놨다고. 구 층! 거기까지만 오면 바로 줄게. 그러니까 이상한 생각 말자. 응?"

피식.

손을 휘두르며 설명하는 모리휘원의 모습에는 다급함이 가득했다. 걱정도 다분하다. 조휘가 이대로 등을 돌릴까 봐 나오는 걱정이다.

"우리 이렇게 어렵게 만났잖아? 내가 널 보고도 바로 안 다가가고! 지금까지 기다렸단 말이야! 그러니까, 응? 이상한 생각 하지 말고 우리 끝을 보자니까?"

"싫은데? 내가 왜 호랑이 굴에 대가리를 들이밀어야 하지?"

"에이! 호랑이 아가리쯤은 그냥 찢을 수 있잖아! 응?"

"그 호랑이가 영성을 가졌다면 얘기가 달라지지."

"아, 진짜 그럴래?"

모리휘원의 눈매가 샐쭉하게 변했다. 조휘를 보며 사라졌던 살심이 솟구치고 있었다. 극단적인 감정 변화이다. 동심에 머무른 아이처럼 감정 통제가 전혀 안 되는 딱 그런 모습이었다.

"빠지는 게 답입니다."

조현승의 대답이 들려왔다.

냉정해야 하는 군사답게 조현승은 딱 맞는 대답을 들려줬다.

"아, 왜? 왜?!"

조현승의 대답을 들은 모리휘원이 발을 동동 구르며 방방 뛰었다. 역시 이 모습도 아이가 떼를 쓰는 모습과 매우 흡사하다. 아니, 아주 똑같다. 조휘는 잠시 생각했다. 아직은 여유가 있었다. 공작대 전체가 사방에서 경계 중이다. 뭔가 위급 상황이 오면 분명 신호가 올 것이다.

주변을 살펴보는 조휘에게 모리휘원은 '아니지? 그냥 갈 거 아니지? 응?' 하며 대답을 재촉했다.

아이가 맹목적으로 부모님에게 떼를 쓰듯 모리휘원은 조휘에게 떼를 쓰고 있었다.

"화운겸, 죽이고 싶잖아? 응? 내가 잡아다 놨다니까! 올라오기만 하면 준다고! 나 거짓말은 안 해!"

피식.

애가 타나 보다.

다 됐다 싶은데 조휘가 받아주질 않으니 저렇게 조급해하고 있었다. 조휘는 안다. 더 이상 받아주지 않았을 때 놈이 할 행동.

'분명 공격해 오겠지.'

놈이 저렇게 애타게 기다리는 건 저 건물에 분명 뭔 짓을 해놨다는 뜻이다. 조휘는 그게 뭔지 어렴풋이 감이 잡혔다. 분명 그때 조휘가 놈에게 물 먹을 때 가장 유용하게 사용됐던 물건, 진천뢰다.

분명 저 건물 곳곳에 진천뢰를 심어놓고 그걸로 조휘에게 아주 똑같이 되갚아줄 생각이다. 즉 저 안은 들어가 봐야 호랑이 굴보다 더욱 위험하다. 아주 다행인 게 준비가 끝나지 않았다는 점이고, 그 시간을 벌려고 놈이 지금 앞에서 저렇게 애를 쓰고 있는 것이다.

"화운겸이야 언제고 잡아 족치면 되고."

"아, 진짜 너무한다. 내가 이렇게까지 애원하는데."

이제는 서운한 감정까지 내비쳤다. 하지만 눈빛이 점점 변하고 있었다. 만약 제가 원하는 대로 안 되면? 지금 당장 조휘한테 저 거대한 참마도를 휘둘러 올 것이다. 특별 제작된 무기인지 창날의 길이만 해도 조휘의 풍신만큼 길었다. 기형도(奇形刀)라 할 수 있었다.

"너 그냥 여기서 죽일래."

피식.

또 웃음이 나왔다.

"되겠냐?"

"응, 돼."

히죽!

스가앙!

벼락처럼 그어지는 일도. 길이가 상당히 길어 순간적으로 다가오며 내리긋자 딱 조휘의 가슴까지 닿았다. 하지만 조휘도 준비하고 있었다. 긴장의 끈은 계속해서 팽팽하게 당겨놓고 있었다.

쩡!

순백의 궤적이 모리휘원이 내지른 시꺼먼 궤적을 후려쳤다. 부딪치는 순간 북 터지는 소리와 함께 두 사람 다 두어 걸음을 물러났다. 역시 은여령. 모리휘원의 참마도는 중병이자 장병이다.

길고 무겁다는 소리다.

게다가 사내의 힘에 흑각이니 분명 내력의 운용까지 했는데도 은여령은 그걸 무리 없이 막아냈다.

혹시 몰라 자세를 잡는데 다시 파고드는 한 줄기 목소리. 고막 깊숙한 곳에서 생성된 듯 느껴지는 소리. 솔직히 귀신들린 소린가 싶지만, 조휘는 지금 당장 그게 중요한 게 아니라는 걸 알고 있었다.

"내가 왜 이리 주절주절 말이 많았는지 아나?"

"뭐?"

다시 움직이려는 찰나 나간 조휘의 말이 막 다시 움직이려던 모리휘원을 발목을 잡았다. 조휘는 웃었다.

"내가 왜 말이 많았는지 아느냐고. 나 원래 말 그렇게 많은 놈 아니거든. 전장에서 뭔 말이야. 그냥 죽이고 죽는 거지. 안 그래?"

"그거야……."

"근데 오늘은 왜 많았을까? 단순히 니가 반가워서?"

"……."

흠칫.

"아니야. 너도 시간을 끌려고 했지만 그건 나도 마찬가지거든."

"뭐? 어, 어어어?"

뭔가가 느껴지는지 모리휘원이 고개를 획 뒤집었다.

그러자 아주 시기 좋게,

콰콰광!

관저의 구층이 폭발과 함께 터져 나갔고, 시꺼먼 흑의인이 그 폭발을 뚫고 어둠을 가르며 반대편 건물로 날아갔다.

그 광경에 인상이 와락 일그러지는 모리휘원. 고개가 고장 난 것처럼 삐거덕거리면서 조휘에게로 다시 돌아왔다. 인상이 아주 볼 만하다. 인간이 가진 모든 나쁜 감정을 모조리 얼굴에 담고 있는 듯하다.

"나 또 당한 거야?"

"아마도?"

피식.

조휘는 여유가 있었다. 옆 전각으로 날아간 흑의인이 누군지 조휘는 알고 있었다. 그것도 하나가 아니라 둘이었다. 모리휘원도 봤을 것이다. 분명 시꺼먼 게 한데 뭉쳐 있었지만 둘이었다. 조휘의 시력으로도 봤으니 그걸 놈이 못 봤을 리가 없다. 그리고 그게 뭔지도 아마 눈치챘을 거다.

"이야, 미치겠다, 이거. 아하하!"

"기분 좋았지? 니가 원하던 대로 내가 딱 움직여 줬으니."

"그러게. 기분 진짜 좋았는데. 아아……."

사실 막판에 위험했었다.

놈이 시간을 끌려고 나타나지 않았다면 조휘는 분명 올라 갔을 것이다. 여기서 승패가 갈렸다. 놈은 보급품의 조달, 설치의 이유 때문에 늦어졌고, 조휘는 준비가 됐던 상태. 딱 여기서 갈렸다. 그리고 작전 중 전혀 예상치 못한, 아니, 예상은 했으나 이런 식으로 도움이 될 거라고는 생각도 못한 여인의 도움이 결정적이었다.

한비연.

묵언의 후예라는 그 여인이 조휘에게 정체를 알 수 없는 방법으로 신호를 줬다. 머릿속이 윙윙 울리는 것처럼 소리가 들렸다.

"시간 좀 끌어줘요!"

분명 짤막하지만 그 단어를 정확히 들었다. 게다가 목소리도 한비연의 목소리였다. 도대체 어떤 방식을 썼는지는 모른다. 다만 묵언의 후예이니 뭔가 특별한 방법이 있나 싶었다. 이후엔 모리휘원에게 집중했다.

벌컥!

조휘의 뒤쪽에 있던 건물에서 한비연이 나왔다. 어깨에는 화운겸이 걸려 있었다. 혼자 저 마천루를 뚫고 올라가 화운겸을 끌고 온 것이다. 게다가 도대체 어떤 방법을 썼는지 거리가 엄청 먼데도 전각을 넘어왔다. 물론 그 방법은 아직도 하늘에 걸려 있었다.

"하, 고마워요."

한비연이 화운겸을 뒤에서 인계하고 조휘의 옆으로 다가왔다. 예상치 못한 조력자이다. 자신의 목적을 위해 조휘 근처에서 얼쩡거리다가 모리휘원이 나오자 그 틈을 타고 들어갔다.

결과적으로는 대성공이다.

한비연에게도 할 말이, 물어볼 것도 많지만 지금 당장은 모리휘원이 먼저였다.

"자, 끝을 볼까?"

조휘는 일단 물어봐 줬다.

이놈, 분명 잡아야 하는 놈이다. 어쩌면 피해를 감수하고서라도 말이다. 그냥 간다면? 언제고 조휘의 뒤통수를 노릴 놈이다.

"봐야지. 응, 그럼. 이렇게 된 이상 그냥 너 죽고 나 죽고 하는 거 아냐? 아하하! 아, 어이가 없다. 다 됐는데."

스윽.

거대한 참마도가 다시 올라오며 조휘를 겨눴다. 그러자 은 여령이 바로 조휘의 사선으로 이동해 대기했다.

활짝 웃던 모리휘원이 도 끝을 흔드는 순간이다.

지잉.

'어?'

굉장히 불쾌한 감각.

참마도 끝이 덜렁덜렁 흔들리는데, 점차 그 속도가 느려지기 시작했다. 그냥 느려지면 괜찮은데 굉장히 불쾌한 감각과 함께 느려지고 있어서 조휘의 경각심은 극에 달했다.

씨익.

게다가 놈의 입가에 그려지는 미소. 비릿한 조소와 살심이 동시에 섞인 미소. 그 미소를 보는 순간 본능적으로 풍신의 도신에 손을 댔다. 그 순간 덜렁이던 참마도의 끝이 조휘의 가슴에서 스르륵 멈춰 섰다.

오싹!

전신으로 소름이 벼락처럼 내달렸다.

그래서였을까?

조휘는 곧바로 한 발자국 나가며 풍신을 뽑아내며 온 힘을 다해 발도를 펼쳤다.

그아아앙!

풍신이 거칠게 도집을 긁으면서 나왔고, 참마도의 날과 봉이 연결된 부분에서 불이 번쩍했다.

타앙!

"컥!"

폭발음과 함께 가슴으로 날아온 참마도의 날을 풍신이 정확히 후려쳤다. 다만 시야가 급속도로 꺼졌고, 조휘의 의식은 거기서 끝이었다.

콰드드득!

조휘가 빗겨낸 참마도의 날이 대원 둘을 꼬치 꿰듯 뚫으며 뒤로 날려가 지면에 처박혔다.

휘이잉!

순간의 정적과 매캐한 화연이 공간을 장악했다. 다들 무슨 일이 일어난 건지 파악을 못했기 때문이다. 가장 먼저 정적을 깬 사람은 의외로 모리휘원이었다.

"이야, 그걸 또 쳐내네?"

날이 사라진 참마도의 봉을 휙 던져 버리면서 히죽 웃는 모리휘원의 얼굴에는 안타까운 감정 같은 건 없었다. 기습이 실패했는데도 그냥 신기한 동물 보듯 빠끔히 고개를 내밀어 보고 조휘를 있었다. 이후 정신을 차린 건 은여령이었다.

바로 뒤로 날려간 조휘의 앞을 막아섰다.

"진 조장!"

오현이 바로 달려들었다.

오현이 바라보는 조휘.

계속해서 피를 토하고 있었다. 대체 뭐가 어떻게 된 건지 그도 아직은 정확하게 상황을 인지하고 있는 건 아니었다. 조휘가 움직이면서 폭음과 함께 날아온 뭔가를 쳐냈고, 그 충격에 공중에서 몇 바퀴를 돌며 뒤로 날려간 조휘다. 오현은 바로 조휘를 들쳐 멨다. 시간을 끌어서 될 상황이 아니었다.

오현이 발을 떼려고 하는데 모리휘원이 말이 들려왔다.

"깨어나면 오늘은 무승부라 전해줘. 꼭이다?"

"……."

으득!

순간의 방심, 그리고 기습으로 이 모양 이 꼴이 됐다. 아니, 오현이 보기에 조휘는 방심하지 않았다. 상황을 반전시켰고, 앞으로 문제가 될 모리휘원을 잡으려고 했다. 그건 대화로 볼 때 확실해 보였다.

다만 조휘가 모른 게 있다면 놈의 무기가 전혀 상상도 못한 기병(奇兵)이란 것이다.

하긴, 어떻게 알 수 있을까. 저런 폭발, 발출 형태의 무기인지 아무도 몰랐을 것이다. 모리휘원이 먼저 등을 돌렸다. 여유 있게 걸어서 나온 마천루로 다시 들어갔다. 이를 깨문 오현이 막 발을 떼려 하는데 은여령이 빠르게 다가왔다.

"제가, 제가 업을게요!"

그 말에 말없이 조휘를 다시 넘겨주는 오현이다. 자신보다 은여령이 훨씬 발이 빠르다는 걸 알기 때문이다. 다만 가서 화운겸을 꽁꽁 묶어 어깨에 들쳐 멨다. 은여령은 조휘를 업자마자 달리기 시작해 저 멀리 멀어지고 있었다. 어디로 갈지는 뻔하다. 쾌속선. 현재 공작대의 청도 거점이라 할 수 있는 곳은 그곳밖에 없었다. 작전은 성공했지만 피해는 거대했다.

*   *   *

배로 돌아온 은여령은 바로 조휘의 상체를 벗겼다. 조휘의 상태는 좋지 않았다. 아직도 미약하지만 피를 토하고 있었고, 두 눈은 완전히 풀려 있었다. 단순히 폭발 형태의 무기를 맞받아친 대가치고는 지나치게 컸다.

"어떻게 된 겁니까? 맞았습니까?"

주변에 은신하고 있어서 제대로 상황을 못 본 위지룡이 급히 들어오며 물었다. 그의 옆에는 장산도 있었다.

"……."

"아, 썅! 어떻게 된 거냐고?!"

은여령의 침묵에 장산이 거친 음성으로 소리쳤다. 얼굴을 잔뜩 일그러져 있는데, 그 옛날 우락부락하기 그지없던 장비의 현신처럼 보였다. 하지만 그게 중요한 게 아니고, 은여령은 일단 조휘의 맥을 잡았다.

무인이다.

백검의 맥을 제대로 이은.

기본적인 진맥은 당연히 할 줄 아는 그녀이다. 가느다랗다. 맥이, 느껴지는 맥이 딱 숨넘어가기 직전처럼 가늘었다.

"아……."

그래서 저도 모르게 탄식이 흘러나왔고, 그녀의 탄식에 주변에서 지켜보던 이들의 얼굴이 급속도로 굳어갔다. 하지만 다들 무어라 묻지는 않았다. 그 자체로 불길한 단어였기 때문이다. 은여령도 입술을 꽉 깨물고는 당시 상황을 다시 머릿속으로 재현했다. 분명 앞을 막았다. 조휘의 시야를 막지 않기 위해 사선에서 비스듬히 막았다.

조휘의 대화에서 상황이 매우 유리하게 돌아가고 있다는 걸 알았기 때문에 마음을 좀 놓았다. 적무영이 아닌 모리휘원의 공격이라면 충분히 막을 자신도 있었다. 이미 몇 차례 전력을 다한 공격을 막아봤기 때문이다. 근데 그 기습은 전혀 예상도 못했다. 설마 폭발 형태의 기습이라니. 그냥 보면 포탄을 후려친 거나 다른 게 하나도 없었다.

그나마 조휘는 알고 있었다.

알았고 느꼈으니 발도하며 막아냈다.

'그런데 뭐가 문제였지? 분명 빗겨낸 것 같은데?'

막아냈으면 된 거 아닌가?

빗겨내는 과정에서 참마도 날의 회전력에 몸이 강제로 돌았고, 그대로 날려갔다. 그것도 삼 장에 가깝게.

'잠깐, 날려갔다고? 빗겨냈으면 그 자리에서 도는 게 전부여야 하는……'

아, 아아!

은여령은 다시 눈을 질끈 감았다. 아주 잠깐, 폭발하기 직전 모리휘원에게서 뭔가 불길한 기세가 느껴졌다. 아주 잠깐이었다. 그다음 조휘에게 겨눈 참마도가 폭발했다. 문제는 그 이전이다.

잠시지만 불그스름한 뭔가를 본 것 같았다. 집중하고 있었으니 확실했다. 폭발 이전 화약이 터지며 불길이 일기 전, 그 이전에 분명 불그스름한 빛을 봤다.

"내력……."

"네?"

"막아낸 날에 내력이 담겨 있었어요. 그래서 내부가 진탕된 것 같아요."

"…그래서 어떡해야 합니까? 뭘 구해 와야 됩니까?"

"제가 적어주는 모든 약재를 부탁해요."

"네."

조휘의 옆에서 일어난 은여령은 바로 위지룡에게 약재의 종류를 적어줬다. 날듯이 그걸 받아 위지룡과 악도건이 나가고, 은여령은 다시 조휘의 곁으로 왔다. 조용히 있던 한비연이 이번엔 조휘의 맥을 잡고 있었다. 눈을 감고 집중하는 그녀.

조휘를 한 번 이용해 먹어서일까? 입술을 질끈 깨물고 있는 그녀의 얼굴은 책임을 느끼고 있는 듯 어두웠다. 잠시 뒤 손목을 놓고 일어나는 한비연.

"맞아요. 내력에 내부가 진탕된 것 같아요. 이 사람은 내력을 안 익혔으니 내성도 없겠죠."

"……."

확진이다.

그리고 이게 내력의 무서움이다.

단순히 무기에 씌워 절삭력만 올리는 게 아니라 운영 방식에 따라 아주 작은 한 줌의 내력으로도 대상의 외부에서 침투시키는 게 가능하다. 물론 그 방법은 극히 까다로워 사용하기가 쉽지 않지만 쉽지 않다는 거지 불가능한 건 아니다. 은여령도 한동안 정양해야 할 정도의 내상을 각오하면 가능하다.

모리휘원이 조용히 넘어간 이유도 알겠다.

놈도 조휘에게 내력을 침투시킨 대가로 내상을 입었다. 무리한 내력의 운용. 그래서 조용히 자연스레 빠져나간 것이다. 만약 거기서 더 있었다면? 은여령이나 한비연에게 분명 죽었다. 한비연은 몰라도 은여령은 무조건 모리휘원을 죽였을 것이다. 몇 번 손속을 겨뤄보면 바로 내상을 알아차렸을 테니 말이다.

전반전은 조휘가 이겼다면 후반전은 모리휘원이 이겼다. 서로 한 방씩 주고받았지만 피해는 이쪽이 훨씬 컸다.

마도 진조휘, 공작대의 대주가 쓰러졌으니 화운겸을 잡아온 게 결코 이득이 아니었다.

"혹시 진기도인이 가능한가요?"

은여령은 물어놓고도 바로 입가에 자조적인 미소를 그렸다. 그게 가능할 리가 없다. 한비연이 진짜 묵언의 후예라도 그건 불가능했다. 그게 가능했다면 내력을 발출했을 것이다. 이미 무는 지독할 정도로 쇠퇴했다. 하늘을 날던 옛 강호가 아니다. 무기에 담기만 해도 초고수 소리를 듣는 게 현 강호의 주소다.

"답을 이미 알고 계시니 굳이 답은 안 할게요."

"네. 후우……."

답답함에 한숨을 내쉬는 은여령. 하지만 그녀도 알고 있었다. 한숨 따위가 상황을 되돌릴 수는 없다는 걸. 도대체 어떻게 조휘가 알고 반응했는지 그 궁금증은 이미 사라졌다. 중요한 건 조휘가 그걸 막고 쓰러졌다는 것.

그 사람이 또 쓰러졌다는 것.

그리고 자신은⋯⋯.
'또 아무것도 못했다는 것. 나는 뭘 하고 있는 걸까. 아아⋯⋯.'
열불이 터지기 이전에 심장에 족쇄가 걸린 것처럼 답답했다. 코로 들어오는 공기마저 거북하고, 지잉지잉 하는 이명마저 들리기 시작했다. 시야가 쭉 멀어졌다. 은여령은 이게 뭔지 안다. 사형제들이 서창의 함정에 걸려 죽던 그날, 필사의 도주 이후 겨우 백검문으로 돌아와 기절했다가 다시 일어났을 때 느낀 그 감정. 단시간에 찾아오는 심마. 심신을 야금야금 갉아먹고, 언제나 청정한 정신을·유지해야 하는 무인으로서는 극히 기피해야 하는 극단적인 감정 상태.
언니⋯⋯.
언니⋯⋯!
누가 부르는 것 같은데 소리가 저 바다 너머에서, 하늘 위에서, 땅 아래서 올라오는 것처럼 괴리감이 느껴졌다.
이 또한 지극히 당연한 반응.
결국,
쫘악!

"아."

빰에 불이 나고서야 그녀는 다시금 정신을 차릴 수 있었다. 물론 완벽히는 아니었다. 여전히 세계가 뿌옇다. 그녀는 모르고 있었다. 자신의 눈망울에 눈물방울이 아롱아롱 맺히기 시작했다는 사실을.

제65장

이화매와 공작대의 분노

“……”

　“……”

　매우 무거운 침묵이다.

　오홍련의 거점 내부, 지하의 대회의실.

　서신을 읽어가는 이화매의 얼굴은 냉막(冷漠)함 그 자체였다.

　얼음물을 한 동이나 뒤집어쓴 기세가 서릿발처럼 그녀의 전신을 통해 흘러나오고 있었다.

　사락사락.

　어쩐 일인지 질 좋은 종이로 만들어진 서신이 한 장씩 넘어갈 때마다 간부들은 침을 꿀꺽 삼켰다. 종이가 다른 손으로 옮겨가며 쌓이듯 이화매의 기세도 점점 중첩되고 있었다. 저게 터지면?

생각만으로도 끔찍한지 간부 하나가 몸서리를 쳤다.

특히 저번에 한번 거하게 깨진 부서는 어깨를 움츠리고 고개조차 들지 못하고 있었다. 서신을 이곳에서 확인하는 걸 보니 급보로 온 것이다. 그러니 간부 전체가 아직 대략적인 상황을 몰랐다.

다만 이화매가 저렇게 될 정도로 거하게 일이 터진 것만은 분명했다.

피가 바짝바짝 마르는 기분이라고 하면 딱 현 상황에 어울릴 것이다.

탁.

이화매가 서신을 다 읽었는지 탁자에 내려놓고 깊은 한숨을 토해냈다. 그리고 그녀 특유의 버릇이 시작됐다.

툭, 툭툭툭.

둔탁한 소리가 회의장을 울렸다.

마치 조휘가 누굴 조질 때 분위기를 조성하는 버릇이 있는 것처럼 이화매도 이렇게 분위기를 휘어잡아 쥐어짜고 있었다.

"화운겸은 잡았고, 현재 이쪽으로 후송 중이다. 묵언의 후예가 같이 오고 있다고 하니 탈출 염려는 없겠지."

"……."

"……."

처음으로 나온 말은 그렇게 나쁘지 않은 소식이었다. 배신자의 생포. 공작대가 작전을 제대로 진행했다는 뜻이다. 하지만 다들 '근데 왜 그러시는지……' 하고 이화매에게 묻지는 않았다.

저게 본론이 아니라는 눈치쯤은 다들 갖추고 있기 때문이다.

"근데 작전 중에 마도가 부상을 입었어. 지금 의식 불명이라고 하는군."

"……."

"……."

아, 이거다.

이게 본론이다.

간부들은 직감적으로 알아차렸다.

"다들 고개 들어봐. 대화 좀 하자고. 이제부터 진짜 본론이니까."

대답 없이 숙여졌던 고개가 다시 올라왔다. 평소의 이화매는 다정다감은 아니더라도 친근감이 있었다.

오홍련에 소속되어 있다면 전부 격의 없이 대해주고 농담 따먹기도 하는 이화매다. 그런 그녀가 열 받았을 때는 오홍련에 위협이 될 만한 일이 벌어졌을 때, 딱 그때라는 것도 간부들은 알고 있었다.

마도의 부상?

그것도 있겠지만 아직 진짜 이유는 나오지 않았다.

물론 그렇다고 그 이유를 빨리 알려달라고 재촉하는 간덩이 부은 간부는 없었다. 그랬다간 후환이 생각한 것 이상이 될 것이다.

"부상 이유가 골 때려. 폭발 발출 형태의 무기, 그걸 막고 의식을 잃었다는군. 어떤 형태의 무기냐면… 양 부관, 줘봐."

드륵.

자리에서 일어난 이화매가 양희은에게 마상용 참마도를 받아 손에 쥐었다.

무게가 장난이 아닌데도 마치 장난감 다루듯 돌려보는 이화매.

후웅, 후웅!

바람 갈라지는 소리가 이상하게도 뭔가 빠개지는 소리처럼 들렸다.

"딱 이만한 무기다. 근데 여기 도 날 끝, 봉이 연결되는 부분에서 화약이 터지며 쏴대는 무기라고 하더군. 마치 포처럼."

"그런…….."

개발부의 간부가 저도 모르게 신음을 흘렸다. 머릿속으로 실험하다 폐기한 무기 하나가 떠올랐다.

조금 전에 말한 것처럼 화약 폭발 형태로 기습에 특화된 무기지만, 그걸로 근접전을 벌이면 충격 때문에 자꾸 터져서 결국 폐기한 무기다.

씨익.

이화매의 시선이 개발부의 간부에게 가서 멎었다.

"우치문."

"네!"

"불가능하다며? 그래서 폐기했다며?"

"네! 분명 제가 직접 폐기했습니다!"

"근데 왜? 왜 폐기한 놈이 세상에 나와 있는데?"

"그, 그건……."

"어물거리지 말고 대답을 해! 이게 왜 나왔지? 설계도 폐기됐는데 대체 이게 어떻게 세상 밖으로 뛰쳐나왔냐고!"

"……."

"이유는 두 가지겠지. 일단 좋은 이유로 봐준다면… 황실에도 똑같은 생각을 한 놈이 있었고, 그럼 나쁜 이유는 뭘까?"

"으……."

"뭐긴 뭐야. 설계도가 유출된 거지."

"아, 아닙니다! 그 설계도는 분명 제가 직접 폐기했습니다!"

"그래? 확실해?"

"네!"

"그럼 전자네? 너랑 똑같은 생각을 한 놈이 그 개새끼 밑에도 있었나 봐."

"그, 그렇게 생각됩니다!"

"좋아."

"……."

이화매는 웃었다.

근데 그게 용서의 웃음은 결단코 아니었다. 보는 모두가 알수 있었다.

저 눈빛, 저 기세는 이화매가 제대로 빡 쳤다는 증거이다. 수도 없이 봤으니 그걸 모를 리가 없었다.

아니나 다를까.

"근데 걔들은 만들었네?"

"……."

우치문의 입이 꾹 닫혔다.

이건 변명의 여지도 없었다.

저 폭발, 발출 형태의 무기는 앞서 말했듯이 사용자를 상하게 하는지라 폐기했다.

단순히 들고 있다가 바로 쏘고 버리면 되겠지만 그래서야 의미가 없다. 질척하게 저리 큰 중장병 무기를 두 개씩이나 들고 다닐 수는 없었다.

용도의 다양화를 위해 근접전에서 실제로 사용이 가능해야만 했다.

하지만 충격, 이후 따라오는 진동이 자꾸 뇌관을 건드려 폭발이 일어났다. 그래서 결국 더 돈을 빨아먹기 전에 폐기된 작품이다.

우치문이 직접 고안하고 설계 도면을 짰으니 누구보다 그가 잘 알고 있다.

"바, 발출 속도는……."

"은성검이 놓쳤을 정도."

"맙소사……."

우치문은 저도 모르게 신음을 흘렸다.

은성검(銀星劍) 은여령이라면 그도 당연히 안다.

마도 진조휘의 호위이기 이전에 백검의 진전을 제대로 이은 무인이다.

게다가 내력까지 사용이 가능한, 전 중원을 뒤져도 그녀만 한 무인을 찾아내는 건 모래사장에서 바늘 찾는 것만큼은 아니더라도 매우 힘들다. 그건 이곳에 있는 모두가 확신할 수 있었다.

군단급 무력의 보유자.

쓰기에 따라 전략적 가치가 매우 높은 무인.

평범한 군대라면 그녀 혼자 격파가 가능할 정도라고 오홍련 내부에서 평가가 내려진 무인이 바로 은성검(銀星劍) 은여령이다.

오홍련이 자랑하는 최강의 무사 유키, 이안, 알과도 견줄 만한 무인이 바로 은여령이다.

"거리는 대략 칠 장에서 십 장 사이. 은성검이 마도의 사선에서 막고 있었는데 놓쳤어. 폭발과 거의 동시에 마도를 후려 쳤다고 쓰여 있어."

"아……! 그, 그 이전에 그 무기를 썼답니까?"

"매우 많이."

"……."

우치문은 침묵했다.

자신이 생각했지만 폐기한 무기가 완벽한 형태로 세상에 나왔다.

그리고 그 무기가 이화매가 아끼는 동료이자 수하인 마도를 의식 불명, 중태로 만들었다.

"우치문."

"네……."

"니가 처음 고안했으니 제일 잘 알 거 아냐. 이 무기가 제대로 나왔다는 가정 하에 위험도를 설명해 봐."

"네… 이 무기는 대인용 무기로서……."

드르륵.

자리에서 일어난 우치문은 심호흡을 크게 하고 설명을 시작했다.

자존심에 막대한 타격이 간 건 차치하고 지금은 일단 대비책을 내놓아야 했다.

무기의 간략한 설명이 먼저 시작됐고, 뒤이어 진짜 중요한 얘기가 시작됐다.

"앞서 말했듯 이 무기는 대인용 무기입니다. 특히 개인과 개인의 일 대 일 상황에 특화된 무기라 할 수 있습니다. 폭발, 발출의 형태는 기습에 최적화되었기 때문이지요. 관통력보다는 둔중한 충격을 주도록 고안했고, 속도는 최대치로 끌어올린다면… 홍뢰 정도까지 끌어올릴 수 있을 거라 예상했습니다."

"음……."

좀 힘이 빠진 어조로 나온 설명이었으나, 안에 든 내용은 결코 무시할 수 있는 것이 아니었다. 일 대 일 상황에 저런 무기가 기습적으로 터진다?

찌르기 도중 검이 갑자기 폭발하며 눈에 보이지 않을 속도로 복부나 얼굴로 날아오면 그걸 피할 수 있을까? 초근접, 지척이라 해도 될 거리에서 쐈는데? 답은 이미 나왔다. 은성검이 놓쳤을 정도이다.

"하지만 폐기했습니다. 무기와 여러 차례 충돌 시 뇌관에 충격이 가서 자꾸 폭발했기 때문입니다. 그래서 오히려 사용자를 다치게 했고, 그게 폐기된 이유입니다."

으음…….

무거운 침묵이 흘렀다.

총이 세상에 나온 지 꽤나 지났다.

하지만 아직은 총병보다 일반 보병, 궁병, 기병이 더욱 많았다.

그리고 전투가 벌어지면 근접전은 무조건 벌어진다. 오홍련의 전투대원들 역시 근접전에 특화된 이들의 비율이 월등히 높다. 더욱 큰 문제는?

대놓고 저격할 때다.

오홍련의 주축 간부를 노리고 전투를 일으키고, 마도를 쓰러뜨린 무기로 기습 저격한다면?

막을 수 있다는 확신이 아예 없다.

천하의 은성검이 놓친 무기를 대체 어떻게 피할 것이며, 그걸 용케도 빗겨 쳐낸 마도를 중태에 빠뜨린 무기를 도대체 어떻게 막을 것인가.

"근데 만들어졌지. 피할 방법은 이미 없고 알아서 조심해야 한다. 대비책은 이게 다라는 소리지?"

간부 하나가 입을 열어 종합해 설명했다.

새까만 피부, 각종 보석으로 치장한 사내다. 이화매가 예전에 비선을 고치기 위해 부른 그녀의 동료 쉘이었다.

"네, 그렇습… 니다."

"더럽게 꼬였네. 뭐 했어, 넌?"

"……."

쉘의 표정은 냉담했다.

그러나 바로 한숨을 내쉬고는 이화매를 바라봤다.

"용건은 이게 전부야? 나 할 일 많은데."

"아니, 더 있어."

"빨리 좀 해주면 안 될까? 니가 던져준 일이 산더미야."

"회의 중이야, 쉘. 지킬 건 지켜."

"칫! 예예, 알겠수다, 제독님."

이어 팔짱을 끼고는 고개를 홱 돌리는 쉘.

관리하기 참 힘들어 보이는 부류의 사내다. 하지만 능력만큼은 발군이다.

선천적으로 위화감을 잘 느낀다. 그래서 암호 해독에도 일가견이 있고 그 밖에 함정 같은 것도 잘 발견한다. 그래서 불렀다. 비선망의 오염된 부분을 찾아내려고.

이화매가 다시 좌중을 쓸어봤다.

"하나 더 있어, 쉘."

"웅? 아니, 예?"

이화매가 한소리 해서인지 대답이 바뀌었다. 헛기침을 하는 간부들이 있었지만 쉘은 신경도 안 썼다.

"흑각무사가 들어왔어."

"으잉?"

"진짜야. 마도에게 무기를 쏜 놈, 모리휘원이란 흑각이다."

"모리휘원. 아, 들어봤는데……. 아, 아아, 맞다. 비틀어진 동심?"

"그래, 그 미친 애새끼."

"어, 그런 보고는 없었는데……."

"근데 들어왔어. 비선조차 아예 못 잡았다는 소리지. 놈이 넘어온 건 적무영의 밑으로 들어왔다는 뜻이거나, 아니면 놈이 왜와 결탁했다는 소리지. 이거 웃어넘길 아니다."

"안 웃었어. 아니, 습니다. 아, 진짜!"

말을 바꾸는 게 짜증나는지 쉘이 인상을 팍 썼다. 이화매는 제대로 조사해 보라고 쉘에게 한마디 하고는 전체를 보며 다시 입을 열었다.

"무기 개발도 늦어, 흑각이 중원 땅을 밟았는데도 몰라. 이걸 내가 어떻게 받아들여야 하는지 누가 친절히 설명 좀 해줄 사람?"

"……."

"……."

당연하지만 들려오는 대답은 없었다.

이화매도 답을 기대하진 않았다.

"내가 지랄을 한 지 얼마나 지났다고. 한 달도 안 지났는데도 아직 이 꼴이야. 보니까 다들 죽고 싶어 환장한 것 같은데, 내가 친히 죽여 드릴까?"

"……."

"말만 해. 좆같은 꼴 보기 전에 내가 저승길로 바로 보내드릴 테니까."

"……."

여전히 침묵.

이화매는 이번에 제대로 열 받았다.

마도가 사경을 헤매는 것도 한몫했지만, 적무영이란 놈에게 지금 연패로 밀리고 있었다. 이화매의 생각으로는 놈이 문제다. 마도의 복수 대상이 지금 이화매에게도 매우 큰 위협으로 다가왔다.

"이제는 황제가 아니다. 적무영 그 새끼야. 일거수일투족, 될 수 있음 다 파악하고 북경 비선 싹 돌려."

"아, 하지만 그랬다간 다 죽어나가는데요?"

쉘이 대답했다.

이화매는 고개를 저었다.

"그래도 해. 그거 무서워서 아무것도 안 하고 있다간 전체가 뒤질 판이야. 조심하되 할 수 있는 건 전부 하라고 해."

"큿……."

쉘의 입에서 앓는 소리가 나왔다.

그는 오홍련에 소속감이 없었다. 단지 이화매란 인물을 따를 뿐이다.

그것 하나 때문에 지금 이 자리에 있다. 하지만 그렇다고 죽으란 명령을 내리긴 싫었다. 위에서 내려온 명령이라도 결국은 자신의 손도 거치게 되어 있으니까.

"대를 위한 소의 희생이라……. 더럽네."

혼잣말이다.

그 혼잣말에 이화매는 입술을 깨물었다. 안다, 그녀도. 자신의 지금 명령이 희생을 요구하고 있다는 걸.

하지만 그럼에도 해야 했다.

안 하면?

오홍련은 물론 나아가 중원 전체의 무력이 깡그리 지워질 판이다. 단순히 칼을 뺏는 게 아닌, 생명을 뺏음으로써 다시금 상실 시대를 재현시킬 것이다.

반드시 막아야 한다.

놈이 무슨 생각을 하는지는 중요치 않았다.

어떤 이유가 있어도 용서받지 못할 짓이니까 막을 뿐이다.

"제발… 정신들 차리자. 응?"

마지막으로 나온 이화매의 말은 이전까지와는 완전히 다르게 애원에 가까웠다. 입술을 깨문 그녀. 누구보다 평화를 위해 헌신한 여인의 애원은 간부들의 가슴에 깊숙이 꽂혔다. 철의 여인이 사람으로 돌아가 한 한마디. 물론 전략적인 한마디였지만 효과는 발군이었다.

그리고 그 파급력은 당장 하루 뒤부터 나타나기 시작했다. 물론 체감하기까지는 시간이 좀 더 걸릴 것으로 보였다.

달그락거리는 소리에 눈을 뜬 은여령. 눈을 뜸과 동시에 얼굴에 뻑뻑한 천의 감촉이 느껴졌다.

"아……."

눈을 뜬 은여령이 미약한 신음을 흘렸다. 목이 잠겨 거의 나오지 못한 신음에 약을 달일 준비를 하느라 달그락거리던 이화가 시선을 은여령에게 건넸다.

"일어났어요, 언니?"

"아, 좋은 아……."

"아하하, 언니, 너무 축 처졌다."

"……."

좋은 아침이라 인사를 하려다가 이내 좋은 아침이 아님을 깨닫고는 바로 말문을 닫는 은여령이다. 그에 또 이화에게 핀잔까지 받았다. 은여령은 그냥 조용히 웃었다. 어딘가 애타는 미소였다.

손바닥으로 눈을 비빈 은여령이 침상에 누워 있는 조휘에게 시선을 돌렸다.

조휘는 여전히 정신을 차리지 못했다.

처음 진맥했을 때 조휘의 눈동자는 거의 텅 비어 있었다. 아주 제대로 의식이 날아간 모습. 나중에야 알았지만 뇌진탕까지 일으켰다. 내부가 진탕된 건 이 주가 흐른 지금 많이 호전된 상태였다.

맥도 나쁘지 않았다.

정상 맥박은 아니지만 조휘가 쓰러졌을 때에 비하면 많이 좋아졌다. 하지만 조휘는 여전히 의식 불명 상태였다. 쌔근쌔근 자만 자고 있다. 머리가 다친 건 아닌지 걱정했지만 그렇지는 않았다.

그냥 의식이 없는 상태였다.

많은 의원을 불러 진맥을 해봤지만 시간이 지나면 나아질 것이고, 그 외에는 별다른 이상이 없다는 소견만 내놓았다. 물론 실력이 없는 의원들도 아니다. 다들 오홍련에서 검증한 실력 있고 청도에서 꽤나 알아주는 의원들이다.

그들 전부가 같은 의견을 내놓았으니 진맥 결과에 이상이 없다는 건 분명할 것이다. 그런데 왜? 당연히 아무도 몰랐다.

모리휘원의 공격을 막으며 어떤 문제가 생겼다고밖에 생각할 수 없었다.

약을 달이는 건 언제나 이화의 몫이었다.

이화매와 함께하기 이전에도 제법 약재를 다뤄봤다는 그녀는 확실히 약을 내리는 데 능숙했다.

은여령은 조휘의 맥을 짚었다.

여전했다.

물론 처음보다는 분명 좋아졌다. 내부가 완전 진탕된 건 이제 거의 진정이 됐다.

내력이 없기 때문에 내성 자체가 아예 없었는데도 이 정도로 끝나길 천만다행이다.

아니.

조휘니까 살아남은 게 아닌가 싶었다. 마도 진조휘에겐 철혈의 기질이 있으니 말이다.

손을 놓고 밖으로 나온 은여령은 가볍게 세안을 하고 조휘에게 먹일 아침을 준비했다. 그런데 먼저 준비하고 있는 사람이 있었다. 위지룡이다.

언제나 일찍 일어나 조휘의 아침을 준비하는 그다. 먼저 일어나는 사람이 챙기는 그런 상황이다.

조휘가 쓰러진 뒤 위지룡과 장산은 정말 힘들어 보였다. 그도 그럴 게, 자신의 삶을 연장시켜 줬다 할 수 있는 조휘를 따라 이 위험천만한 곳에 몸을 담은 둘이다. 그러니 그 마음이 이해가 갔다.

"일어나셨습니까."

"네, 오늘도 일찍 일어나셨네요."

위지룡의 인사에 가볍게 답하는 은여령.

둘 사이는 조휘가 쓰러진 이후 조금 서먹해졌다. 은여령은 죄책감으로 인해 둘의 얼굴을 보기 힘들었고, 위지룡은 은여령의 잘못이 아님을 알면서도 조휘를 지켜주지 못한 그녀에게 서운한 감정을 느꼈기 때문이다.

하지만 그건 잠시였다.

겨우 그런 일로 척을 질 이들이 아니었다.

"제가 준비해서 가겠습니다."

"네, 부탁할게요."

꾸벅 고개를 숙인 뒤 밖으로 다시 나오니 망망대해에서의 삼 주째 하루가 시작되려는지 수평선 너머로 해가 뜨는 게 보인다.

조휘가 쓰러진 뒤 공작대의 임무는 완전히 멈췄다. 주축이라 할 수 있는 조휘가 멈추자 할 수 있는 게 없었기 때문이다. 태산으로의 여정을 시작하는 게 맞으나 그것도 불가능했다.

언제 조휘가 이상 상황에 빠질지 알 수 없기 때문이다. 안전을 위해서 결국 이화매에게서도 현 지점 대기 명령이 내려왔다. 위치야 언제든 움직일 수 있는 청도의 앞바다였다. 배 위에서의 생활이야 이골이 난 이들이니 갑갑한 건 없었다.

조현승이 밖으로 나와 주위를 두리번거리다가 은여령을 발견하고 다가왔다.

"은 소저."

"네."

"오늘 아침 일찍 본부에서 온 서신입니다."

"아……."

아직 개봉도 안 한 서신을 먼저 은여령에게 건네는 조현승. 멀찍이 있던 오현도 다가왔다. 서신은 별 내용이 없었다. 앞으로의 간단한 지침이다. 서신을 받은 후부터 일주일간 대기, 이후 조휘가 깨어나지 않을 시 본부 복귀.

딱 그렇게 적혀 있었다.

서신을 다시 조현승에게 넘겨준 은여령은 짧은 한숨을 내쉬었다. 조휘에 대한 모든 게 가슴을 답답하게 했다. 이 주간 많이 좋아지긴 했다. 처음엔 진짜 식음을 전폐했을 정도이다. 모든 게 자신 때문이라는, 서창의 몰이에 빠졌을 때의 상황까지 떠올라 진짜 힘들었다. 하지만 그래도 백검의 무인 은여령은 삼 일 만에 떨쳐냈다. 물론 완전히는 아니다.

"후우, 일주일이군요."

"음, 그 안에 일어났으면 좋겠네만."

조현승의 짧은 한숨 뒤 나온 말을 오현이 굳은 표정으로 받았다. 조휘가 쓰러지니 할 수 있는 게 없었다.

"새삼 느끼는 거지만 진 대주에게 정말 너무 의지하고 있었어요."

그걸 은여령은 지금 절실히 느끼고 있었다. 그리고 처음부터 함께한 오현도 그 말에는 격한 공감을 보였다.

"그러게 말이네. 그의 부재가 전체의 움직임을 막고 있어. 아주 당연히 공작대를 휘어잡았고, 그의 명령을 받는 게 너무 익숙했던 거야."

다만,

"하지만 이건 문제이긴 합니다. 진 대주의 영향력이 너무 강합니다."

조현승의 생각은 조금 달라 보였다.

그리고 그게 은여령의 심기를 건드렸다.

"문제… 라고요?"

"아, 오해하지 마십시오. 진 대주의 영향력이 이렇게 강한 것은 좋습니다. 소수 정예의 대(隊)가 가장 강력한 때가 바로 이렇게 끈끈할 때니까요. 하지만 문제는 진 대주의 부재로 인해 지금 공작대 전체가 아무것도 못하고 있다는 데 있습니다. 진 대주 아래 모두가 조장 역할을 하고 있습니다. 부대주의 역할을 할 이가 없다는 소립니다."

"……."

확실히 그렇긴 했다.

공작대는 그간의 작전 동안 조휘가 완전히 휘어잡았다. 이건 분명히 좋은 상황이다. 강제로 잡은 게 아니라 능력과 통솔력으로 잡은 거니까. 게다가 인성도 한몫 단단히 했다. 그러나 여기서 문제가 생겼다.

조휘의 존재감이 너무나 커진 것이다.

기존에 있던 오현과 중걸, 악도건이 아예 조장급으로 내려갈 만큼. 오현이 부대주의 역할을 해줘야 하는데 그는 그걸 맡을 생각을 하지 않았다. 어울리지 않고 능력도 안 된다는 걸 스스로 알고 있어서였다.

위지룡과 장산이 들어오면서 더욱 심해졌다. 척 봐도 둘은 중걸, 악도건에 비해 전혀 꿀리지 않는 이들이다. 당장 실전에 넣어도 무조건 제 몫의 몇 배 이상을 할 수 있는 이들. 그 둘이 조휘가 죽으라면 죽을 시늉까지 할 정도이니 두 사람의 행동에 공작대가 동화됐다.

그렇게 지금까지 왔다.

한 사람에게 집중된 결정 권한의 폐해가 지금 드러난 것이다.

"이건 진 대주가 깨어나면 해결해야 할 사안입니다."

"그래요. 진 대주가 일어나면 상의해요."

은여령은 그 대답을 끝으로 신형을 돌렸다. 지금 당장은 그런 걸 신경 쓰고 싶지 않았다. 조휘가 일어나면 그 정도쯤이야…….

'아…….'

또 의지한다.

좀 전에 조현승에게 그런 소리를 들었는데도. 은여령은 바람에 날리는 머리를 질끈 묶고는 갑판을 둘러봤다. 이른 새벽부터 일어나 각자 병장기를 손질하고 아침을 준비하고 있다. 일련의 행동은 물 흐르듯 너무나 자연스러웠다. 하지만 예전과 다른 게 있었다. 역시나 표정이 다들 딱딱했다. 이 주가 지났는데도 아직도 여파가 가시질 않고 있었다. 이번에는 악도건이 찾아왔다.

"은 소저."

"네."

"식량이 다 떨어져 갑니다."

"아, 그런가요. 얼마나 남았나요?"

"이틀 치 남았습니다."

"그럼 오늘 보급해야겠네요."

"네, 일단 조 군사에게 보고는 했습니다."

"네, 잘하셨어요. 음, 그럼 누가 가는 게 좋을까요?"

"조 군사가 은 소저가 정했으면 한답니다."

"아⋯⋯."

은여령은 머리가 나쁘지 않았다. 아니, 오히려 매우 좋은 편에 속한다. 그러니 조현승의 의도가 뭔지 바로 알 수 있었다. 그는 은여령을 부대주로 만들려 하고 있었다. 그래서 지금부터 그녀에게 명령을 내리는 게 익숙해지게끔 하는 중이다. 생각했을 때 행동하는 것도 매우 빠르다. 그럼 왜 그 스스로가 맡지 않고?

군사라서 그렇다.

그는 분명 육체적인 수련도 강도 깊게 거쳤지만 그래도 공작대만큼은 아니었다. 작전의 난이도(難易度)가 높으면 조현승은 함께할 수 없다. 그러니 은여령을 부대주로 만들려고 하는 중이다.

아까 말을 꺼낸 것도 미리 의도를 전한 것과 다름이 없었다.

'해야지. 진 대주가 일어나기 전까지는 내가 이끌어야 돼.'

아니, 지켜야 된다는 마음이 불길처럼 일어났다. 그가 일어나기 전까지 그 어떤 피해도 없이 온전히 지금 이 상태로 유지해야 한다는 마음이 굳건하게 섰다.

"제가 직접 갔다 올게요."

"그러시겠습니까? 혹시 모르니… 조장 둘과 대원 열을 대동하시는 게 좋겠습니다."

슬그머니 다가온 조현승이 한 말에 은여령은 픽 웃고 말았다. 하지만 그래도 밉지는 않았다. 그 또한 공작대를 생각해서 하는 말이니까. 은여령은 잠시 누구와 같이 갈까 생각했다. 결정은 금방 내렸다.

"오현 조장님과 이화랑 같이 가겠어요, 오 조장님."

"네."

"대원 열을 추려주세요. 저는 준비하고 나올게요."

"네."

조휘가 쓰러진 이후 만족스러운 웃음을 처음 짓는 오현이다. 그 웃음을 뒤로한 채 숙소로 돌아온 은여령. 준비할 건 그리 많지 않았다. 곱게 분칠할 것도 아니니 의복을 정리하고 검의 상태를 살펴본 후 바로 다시 나왔다.

밖으로 다시 나오니 준비는 벌써 끝났고, 작은 배를 내리고 있었다.

"식량은 오홍련 지부에 가면 받을 수 있을 겁니다."

"네."

"그리고 나가신 김에 청도성 내와 나라 분위기를 될 수 있으면 최대한 파악해 주셨으면 합니다. 아, 모리휘원 그자의 위치도 가능하면 부탁드립니다."

"알겠어요."

"이화 소저를 통해 신호를 하면 바로 근처로 가서 대기하겠습니다."

"네."

고개를 끄덕인 은여령은 바로 줄을 타고 배로 내려섰다. 그녀가 내려서자 오현이 능숙하게 배를 몰아 청도의 오홍련 지부 선착장으로 이동했다. 차가운 새벽바람이 뺨을 치며 몇 가닥 삐져나온 머리카락을 마구 흔들었다. 성이 보이는 곳에 애초에 배를 정박시키고 있던지라 도착까지는 얼마 걸리지 않았다.

마지막으로 땅을 밟고 내려서는 은여령.

그녀는 걸음을 떼기 전에 작은 점이 되어 보이는 쾌속선을 바라봤다.

"……."

이상한 감정이 들었다.

언제나 속죄하는 기분으로 그의 근거리에 있었다. 항상 시야에 넣을 수 있는 곳에 위치해 있었다. 그게 자신을 위해서, 그를 위해서 좋다고 스스로 판단했기 때문이다. 물론 그 판단을 도와준 건 이화매 제독이지만, 결정은 스스로 내렸다. 그렇게 항상 곁에 있다가 조선에서 소서행장의 작전 때 이후 두 번째 그와 떨어졌다. 그런데 조선에서 떨어져 있던 것과는 뭔가가 달랐다.

아주 많이, 매우 많이 다른 감정이 들었다. 그래서 배를 바라보는 그녀의 눈빛에 아련한 감정이 담겼다.

"가시죠, 부대주."

"아……. 네, 가요."

상념이 툭 끊겼다.

돌아서는 은여령의 눈빛은 점차 단단해지기 시작했다. 그가 쓰러진 지금 공작대를 지킬 사람은 자신밖에 없었다. 조현승이, 오현이 부탁하고 있다. 둘의 의견과 공작대 전체의 의견도 다르지 않으리라.

'지킬게요. 당신이 일어날 때까지.'

반드시.

한 점의 희생도 없이.

마음가짐이 변하자 걷는 그녀의 눈빛은 어느새 백검(白劍)의 진전을 이은 무인, 강호(江湖)에서도 수위를 다투는 검객(劍客) 은성검(銀星劍)이 되어 있었다.

＊　　　＊　　　＊

청도에서 벌어진 오홍련과 황실의 소규모 전투는 성내는 물론 산동성 내의 경각심을 극도로 끌어 올렸다. 그동안에도 오홍련과 황실의 전투는 있었다. 산발적인 교전이었지만 서로 치고받은 적이 사실 한두 번이 아니다. 하지만 이번처럼 대놓고 성주의 관저를 노린 적은 한 번도 없었다.

황실은 이걸 반란으로 정의했다.

그래서 조휘가 쓰러져 있는 동안 금의위 도지휘사(都指揮使)의 선언이 있었다. 황실의 권위에 도전하는 오홍련에 단죄의 칼날을 내릴 것이라고. 그 선언 이후 양측의 긴장감은 극에 달했다. 팽팽하게 불어난 긴장감은 누구 하나가 툭 찌르는 순간 터지고 전면전의 양상으로 흐를 것이다.

"분위기 진짜 장난 아니네요. 밥 먹다 체하겠네, 아주."

객잔에서 아침을 먹으면서 주변 분위기를 살펴보던 이화가 한 말이다. 은여령은 젓가락에 말아놓은 소면을 입에 넣고 고개를 끄덕여 수긍했다. 그녀도 느끼고 있었다. 청도의 분위기는 지금 완전히 굳어 있었다. 침체됐을 거라는 예상은 했다. 조휘가 쓰러지고 이틀 뒤 화운겸과 한비연을 본부로 보내고 며칠 뒤 찾아온 청도 오홍련 지부장에게 간략하게 돌아가는 판에 대해 들었기 때문이다.

그런데 지금은 그것보다 훨씬 심했다. 다들 어깨를 움츠리고 있고, 주변 눈치를 살피기에 바빴다.

게다가 이른 아침임에도 사람들이 안 보였다. 청도는 결코 작은 성이 아니다. 산동의 물류 창고 대부분이 여기에 있으니 일하는 이들이 나와도 그 수가 엄청난데 그것도 아니었다.

이유야 짐작이 간다.

불똥 튀는 걸 아예 방지하기 위해서다.

산동성 내 자체가 지금 일촉즉발의 분위기다. 비단 산동성 내뿐만이 아니라 다른 곳도 지금 오홍련과 황군이 첨예한 대립을 이루고 있었다. 톡 찌르면 쾅 하고 터질 것이다. 도화선에 불만 안 붙었지 양측이 서로에게, 주변에 심각한 피해를 끼칠 진천뢰를 품고 있었다.

끼익.

문이 열리고 오홍련 청도지부장이 들어섰다. 주변을 살펴보다 은여령을 발견하고는 바로 다가왔다.

"전갈을 받고 바로 왔습니다."

"죄송해요. 이른 아침부터."

"하하, 아닙니다. 제가 그 일 하려고 이 자리에 앉아 있는 거 아닙니까. 아침 드시는 중이군요. 저도 출출한데 소면이나 하나 시켜 먹어야겠습니다."

그러더니 손을 번쩍 들고 소면 하나를 시키고는 차로 입을 가시는 오홍련 청도지부장 원윤. 넉살이 참 좋은 이다. 소면은 금방 나왔다. 면을 펄펄 끓는 물에 순식간에 삶아내고 씻은 다음 육수와 고명을 올리면 끝이니까.

나오자마자 아예 마시듯이 후루룩 먹어치우니 은여령이 식사를 마칠 때쯤엔 원윤의 식사도 끝이 났다.

다시 차로 입을 헹구더니 원윤은 지체하지 않고 본론을 꺼내 들었다.

"아쉬운 소식부터 전해야겠습니다."

"말해보세요."

"화운겸이 도주했습니다."

"네?"

"뭐라 했나?"

"으잉?"

원윤의 말에 세 사람의 입에서 동시에 의문 섞인 반문이 튀어나왔다. 당연한 일이다. 아주 꽁꽁 묶어서 호위함 이십 척과 함께 보냈다. 그리고 한비연이 따라갔다. 그런데 도주? 말도 안 되는 소리다.

오현이 잠시 뒤 바로 표정을 굳히며 물었다.

"기습당했나?"

"네, 구루시마 놈들입니다. 그것도 최정예가 투입됐습니다."

"음, 그놈들이……."

오현의 표정은 굉장히 좋지 않았다. 이화의 표정도 좋지 않았다. 은여령도 마찬가지였다. 그냥 셋 다 표정이 일그러졌다. 구루시마. 소우진 구루시마란 놈이 있다. 자청해서 풍신수길의 수발을 드는 해적 새끼다.

근데 단순한 해적이 아니다.

근 백 몇 십년간 존속하며 대대로 해적질을 해온 가문의 수장이기도 했고, 그래서 가내의 정예만큼은 전투 능력이 굉장히 뛰어난 놈들이다. 왜의 구 할에 가까운 해적을 통합한 건 물론, 자금력도 만만찮고 풍신수길의 수발을 드는 만큼 권력도 상당한 놈이다.

"역시 그때 골로 보냈어야 하는데… 이씨!"

이화가 짜증난 얼굴로 한마디 했다. 그리고 그 말에는 은여령도 격하게 공감했다. 조휘가 쓰러진 그날 밤, 정신을 차린 은여령은 화운겸을 죽이려 했다. 칼을 빼들고 성큼성큼 걸어 놈에게 다가갔다. 만약 칼이 닿을 거리까지만 들어갔다면 놈은 그대로 죽었을 것이다. 하지만 한비연이 안 된다고 막아섰고, 조현승도 막았다. 놈을 본부로 보내 정보를 빼내야 한다고 한사코 말렸다.

오현도 막았다.

조휘라면 그런 판단을 내렸을 거라고. 그래서 은여령은 이를 악물고 다시 검을 집어넣을 수밖에 없었다.

그런데 이런 꼴이 난 거다.

그러니 어찌 기분이 좋겠나.

"방법은요? 어떻게 들어왔나요? 호위함 이십 척이면 결코 적은 수가 아닌데."

"놈들의 고전 침투 방법이었다고 들었습니다. 새벽에 잠영으로 배로 다가와 구멍을 내고 침수로 혼란해진 틈을 타 빼내갔다 합니다."

"……."

이전에 남사제도에서 공작대도 한 작전 방식이다.

"차라리 잘됐어요. 놈의 처분, 진 대주에게 다시 맡기면 될 테니까요."

"그도 그렇군. 분명 놈은 다시 앞에 나타날 테니 말일세."

"그때가… 놈의 제삿날이 될 거예요. 제가 무슨 수를 써서라도 진 대주 앞에 잡아다 놓을 테니까."

"하하!"

오현은 그냥 웃었다.

은여령의 말이 기꺼워서인지 웃겨서인지는 알 길이 없었다. 은여령은 오현의 웃음을 뒤로하고 원윤을 다시 바라봤다.

"다른 건요?"

"좀 전에 지급으로 다시 받은 연락인데, 총제독님이 이쪽으로 오시겠답니다."

"이 제독님이요?"

"네. 아마 새벽에 보내드린 서신 뒤에 다시 보낸 것 같습니다."

"알겠어요. 그 외는요?"

"식량은 이미 준비시키고 있습니다. 반 시진이면 싣고 배로 향할 겁니다. 그때 공작대원 둘만 붙여주셨으면 합니다. 아무래도 저희 애들끼리 가면 쉽게 믿어주지 않을 것 같군요."

"네. 오 조장님?"

은여령이 오현을 바라보자 그가 고개를 냉큼 끄덕였다.

"둘 붙이겠습니다."

"부탁해요."

이렇게 굳이 둘을 붙이는 이유는 지금 공작대가 날이 바짝 서 있기 때문이다. 그 이유는 당연히 화운겸으로부터 시작된 불신이다. 아주 절묘한 연기로 조휘마저 속여 넘겨 피해를 입혔고, 나아가 복수로 나선 작전에서 조휘가 의식 불명의 중태 상태가 됐다. 그러니 날은 당연히 서슬 퍼렇다 할 정도로 서 있었다. 닿기만 해도 예기에 피부가 쩍 갈리질 만큼 날카롭다는 소리다.

그래서 항상 정기적으로 방문하는 청도 오홍련지부 대원들이 힘들어했다. 그러니 둘을 붙여달라는 원윤의 요청은 아주 타당했다. 은여령은 조현승의 부탁이 떠올랐다.

"현재 청도는 어떤 상황인가요?"

"청도 말입니까? 아니면 저희 오홍련만 따로 물으신 건지……."

"둘 다요."

"청도성 내의 분위기는 아주 좋지 않습니다. 그날 작전 이후 백성들은 겁에 완전히 질려 있는 상태입니다. 시전 거리 가보

셨습니까?"

"아니요."

그녀가 고개를 저으며 대답하자, 원윤이 한숨을 내쉬었다.

"텅텅 비었습니다."

"그건 이상하군."

오현이 툭 끼어들었다.

고개를 갸웃거리던 그가 말을 이었다.

"백성들에게는 생계가 걸려 있는 장소가 시전 거리인데 텅텅 비었다고?"

"네, 전부 명군 때문입니다."

"명군이 왜? 설마 무슨 짓을 했나?"

"저번 전투를 핑계로 엄청 경계 강화 중입니다. 억지를 부려 사람들을 끌어다가 모진 고문을 하니 누가 나오겠습니까. 잘못 눈에 띄면 몇 달이고 고생하는데."

"그거… 잠깐, 잠깐 기다려 보게. 크응……."

이상함을 느꼈는지 오현이 골을 문지르고는 뭔가를 생각해 내려 애를 썼다. 애초에 머리보단 몸을 쓰는 데 소질이 넘쳐나는 오현이다. 답은 은여령의 입에서 나왔다.

"오홍련을 원망의 대상으로 만들 생각이군요. 그렇게 민심을 돌릴 작정이에요."

"아, 맞네. 그거야."

"좋지 않아요. 그렇담 이건 아마 비단 청도성 내뿐만이 아닐 거예요. 산동, 넘어가 전 중원에서 일시에 벌어지고 있을 수도 있어요. 목적은 민간의 수호자라 불리는 오홍련의 이름을 깎아내리기 위한 수작."

"쉽게 넘길 일이 아니라는 거군. 그렇지만 지금 당장 그 일 때문에 부딪쳤다간 놈들은 더욱 심하게 나올 거야."

"맞아요. 가만히 있어도 문제가 되고 나서도 문제가 되는 상황이에요. 병력 자체의 차이는 황실이 압도적으로 많잖아요. 저희가 전 지역을 돌아다니며 해결할 수는 없어요."

"곤란하군, 곤란해."

오현의 말에 은여령도 공감했다.

이건 매우 곤란한 상황이 맞았다. 처음이야 오홍련을 위해서 그래도 우리가 참아야지. 이런 생각으로 버틸 것이다. 하지만 폭정이 계속되면?

"사람은 힘들 때 원망할 대상을 찾기 마련이에요. 그걸 제대로 노렸네요."

이어진 이화의 말에도 공감했다.

"대체 누구의 머리에서 나왔을까?"

은여령은 오현의 질문을 듣는 순간 한 사람을 떠올렸다. 아니, 한 악마를 떠올렸다. 적무영. 조휘의 원수. 그의 머릿속에서 나온 계략이라고 은여령은 장담할 수 있었다. 오현도, 이화도 적무영을 떠올렸는지 얼굴이 잔뜩 굳었다. 사실 그들이 아는 한 황실에 이 정도 능력을 보여줄 놈은 하나밖에 없었다.

신체적 능력도 괴물에 가까운데 뇌에서 나오는 능력도 최고를 보여주는 놈. 다만 그 두 가지를 모두 가진 대가로 인성이 날아간 악마. 그게 바로 적무영이다. 치가 떨리는지 이화가 어깨를 한 차례 떨었다.

"진짜 위험한 작자네요."

"그렇지. 그 요상한 능력도 능력이지만 머리도 기가 막히게 잘 돌아가는 놈이야. 게다가 황실 권력까지 등에 업었으니… 이건 천하의 진 대주도 힘들겠어."

매우, 아주 많이. 이런 말로 표현할 수 없을 위험도를 지닌 적무영이다. 그런 적무영과 한 하늘을 이고는 절대 살 수 없는 마도 진조휘. 이화는 저도 모르게 '참, 그 사람 인생도 지랄 맞네요' 하고 혼잣말을 했다.

그에 누가 아니래요, 하고 답하려던 은여령은 입술을 열다 말고 검집을 잡았다. 그런 은여령의 모습에 눈을 동그랗게 뜬 이화도, 오현도 바로 표정을 굳혔다. 공작대 전원이 세 사람의 행동에 바로 전투 준비에 들어갔다. 빠르게 사방으로 흩어져 은폐에 들어갔고, 홍뢰를 은여령의 시선이 간 곳에 겨눴다. 물론 사주경계도 빼놓지 않았다. 하지만 이 경계는 늦었다. 애초에 교대로 아침을 먹어야 했다. 조휘도 항상 잊지 않던 부분이다. 오현에게 시켜서. 오현도 당연히 알고 있었을 것이다. 하지만 말하지 않은 건? 이유는 당연히 은여령이 직접 겪으며 습득하기를 원해서였다.

한심함, 자괴감이 물밀듯이 가슴으로 몰아쳤다.

'또 방심…… 여령아, 정말 왜 그러니?'

지킨다고 했으면서 또 그새 방심하고 실수한다.

익숙지 않은 거야 어쩔 수 없지만, 그게 면죄부가 되진 못한다. 조휘는 아무런 어려움도 없이 공작대를 너무나 잘 이끌었으니까.

"워워워!"

히이잉!

말을 달래는 소리와 멈춰 선 말이 투레질하는 소리가 들려왔다. 이화와 원윤은 어느새 이 층으로 올라가 활을 빼들었다. 은여령은 피하지 않았다. 그런 그녀의 곁을 오현이 굳건히 지키고 섰다.

문을 열고 들어선 이는 은여령도 아주 잘 아는 복장을 하고 있었다. 위지휘사사(衛指揮使司)의 정천호(正千戶) 복장이다. 광주에서 지겹게 봤으니 모를 리가 없었다. 들어온 정천호가 은여령과 주변을 한 번씩 훑어보더니 품에서 문서 하나를 꺼냈다.

"백검문의 은여령 맞나?"

"맞습니다만."

"황명이다. 무릎을 꿇고 어지(御旨)를 받들라!"

은여령의 고개가 삐딱하게 돌아갔다. 저절로 조휘처럼 몸이 반응하는 걸 느끼고는 자신도 참 많이 물들었다는 걸 새삼 깨달았다. 힐끔 시선을 정천호의 뒤로 던지니 따라 들어선 부천호 둘이 안절부절못하고 있는 게 눈에 보인다.

"무엄하다! 황명이라고 했으면 얼른 무릎을 꿇지 않고!"

피식.

왜 조휘가 대화 중에 이렇게 피식 웃는지 알 것 같았다. 자신이 직접 당해보니 저렇게 나오면 진짜 조소가 나올 수밖에 없다. 이렇게 틀어진 마당에 황명? 지나가던 개새끼도 피식 웃을 소리다.

정천호. 낮지 않은 관직임은 분명하다. 정오품의 관직이니까. 하지만 그렇다고 저렇게 모가지 빳빳하게 세우고 있을 만한 관직도 아니다. 뒤에 두 부천호가 안절부절못하는 이유는 이곳이 오홍련의 영역이기 때문이다. 현재 은여령이 있는 곳은 오홍련의 창고가 즐비한 곳이다. 당연히 주변으로 청도 오홍련 지부 대원들이 숨죽이고 있을 것이다. 게다가 당장 객잔에는 오현과 은여령 둘만 서 있지만 객잔 내부에는 수하들이 있을 거라는 걸 부천호들은 알고 있었다. 근데 정천호는 모른다.

이게 뜻하는 건 뭘까?

은여령은 단숨에 저 정천호가 여기 와서 지랄을 하는 이유를 꿰뚫어 볼 수 있었다. 명분이다. 저놈은 죽기 위해 여기에 온 것이다. 그것도 알면서 왔다. 설마 그런 놈이 있을까 하고 생각한다면 그건 어리석은 생각이다. 호굴인지 알면서도 기어들어 가는 것들은 어디에나 있었다.

왜?

그 호굴에 권력, 금력 같은 걸 넣어놓으면 미련하게도 기어들어 간다. 그런 놈을 찾아 여기에 보냈다. 은여령이 죽여줬으면 해서. 만약 은여령이 반응하지 않으면 저놈은 분명 어떤 특정 단어나 행동으로 죽음을 재촉할 것이다.

눈매를 가늘게 좁히고 자세히 보니 당당해 보이는 표정과는 달리 눈빛에는 익숙한 감정이 숨어 있다.

공포.

확실했다.

저 정천호는 여기서 은여령을 자극해서 죽을 작정이다. 그

보상으로는 말 안 해도 뻔했다. 인질을 잡혔거나, 아니면 그에 준하는 매우 달콤한 보상을 해준다거나. 물론 말로만. 그리고 이걸 누가 꾸몄는지도 알 것 같았다. 저자가 오기 전까지 도마 위에 올랐던 적무영일 것이다. 그래서 문제다.

"줘요."

"뭐, 어, 어허! 어서 무릎을 꿇지 않……."

빠각!

눈에 보이지도 않을 정도로 빠르고 시원시원한 돌려차기가 정천호의 턱을 돌렸다. 턱 끝에 제대로 걸렸는지 풀썩 쓰러지는 정천호. 은여령은 바닥에 떨어진 두루마리를 집으려다 급히 멈췄다.

순간 뇌리를 관통하는 짜릿한 감각에 급히 한 발자국 물러섰다. 그리고 빤히 정천호의 손을 바라봤다. 피부색을 띠고 있지만 분명 가죽 수투를 끼고 있다.

"독……?"

피부에 닿으면 중독되는 독극물이거나, 그게 아니라면 독물이 안에 말려 있거나 둘 중 하나라는 판단이 섰다. 은여령은 손을 뒤로 빼 수신호를 넣었다. 당장 현 장소에서 이탈을 명하는 수신호였다.

어쩌면 폭발 형태의 독연(毒煙)일 가능성도 있으니까. 안에 뭐가 있는지 솔직히 궁금하기는 하다. 인간이라면 당연히 가지고 있을 호기심이 슬그머니 머리를 들었지만 은여령은 그게 올라오자마자 바로 찍어 눌러 버렸다.

쓸데없는 호기심이 생을 단축시킨다는 강호의 격언을 그녀는 잘 알고 있었다. 슬금슬금 뒷걸음질 치는 그녀. 뒷문을 통해 나온 그녀는 참고 있던 숨을 몰아쉬었다.

"뭐였나?"

"모르겠어요. 자세히 보니 수투를 끼고 있었어요. 그전에 불길한 느낌도 있었고요. 아마도 독으로 뭔 짓을 해놓은 것 같아요."

"안 만진 게 다행이구만. 어떡하겠나? 더 정보를 모아볼까?"

"아니요. 복귀해요."

"그러세."

오현은 군말 없이 그 말에 따랐다. 그가 대원을 통솔하러 간 사이, 은여령은 조용히 나온 곳을 뒤돌아봤다. 조휘라면? 죽였을까? 아니다. 아마 분명 미끼임을 눈치채고 빠졌을 것이다.

그러니까 자신의 결정은 조휘의 결정이기도 했다. 그렇게 스스로 세뇌를 걸었다.

*   *   *

한 사람이 빠진 파급력이 공작대를 짜증의 극으로 몰아넣고 있을 때쯤, 시기 좋게 이화매가 도착했다. 이화매는 배에 오르자마자 날아오는 경례도 무시한 채 조휘가 누워 있는 제 독실로 들어갔다.

"……"

시일이 더 지나고 조휘의 맥은 안정적으로 변했다. 이젠 건 강한 사람의 맥과 큰 차이가 없지만, 아직도 고른 호흡만 보이며 잠들어 있었다. 얼굴의 혈색도 많이 좋아졌다. 처음에는 백짓장보다 더 창백했지만 지금은 삼시세끼 다 신경 써서 먹이고 탈이 안 날 정도로 원기 회복에 도움이 되는 약을 달여 먹였기 때문에 육체적으로는 아무런 문제가 없었다. 그건 이미 몇 번이나 초빙한 의원들이 입을 모아 내린 진맥 결과이다. 하지만 그럼에도 조휘는 아직까지 일어나지 않고 있었다.

"삼 주째 깨어나고 있지 않다……. 뇌 손상이 온 건가?"

이화매는 조휘의 손목을 잡았다.

다재다능한 그녀답게 의술에 기본 이상의 소양을 가지고 있었다. 잠시 눈을 감고 집중한 뒤 손을 놓은 이화매는 고개를 까닥거렸다.

"맥도 정상이고 이상한 건 하나도 없는데… 뭐가 문젠 거야?"

"모든 의원이 진맥 후 그렇게 말했어요. 신체는 이미 완전히 회복된 상태예요."

"그럼 진짜 대가리에 문제가 있는 건가?"

"그건 잘… 저도 모르겠어요."

"후우, 미치겠네."

한숨과 짜증을 동시에 내뱉은 이화매는 제독실을 벗어났다. 저녁 늦게 도착한지라 이미 사위는 어둠에 잠겨 있었다. 마치 먹물을 찍어 사방에 바른 듯한 어둠이다. 칠흑. 딱 그 단어가 어울리는 밤. 별도 달도 구름에 잠겨 거의 보이지 않는 찝찝하고 불길하기 그지없는 밤. 물론 그렇다고 이 배 위에 겁을 먹은 이는 존재하지 않았다.

선미 쪽으로 이동한 이화매의 옆에는 양희은과 유키가 적당한 간격을 두고 호위를 섰고, 은여령과 이화, 오현, 조현승이 모여들었다. 장산과 위지룡은 조휘의 근처에서 떨어질 생각이 없는지 몸을 풀 때를 제외하면 하루의 대부분을 항상 곁에 있었다.

"당시 상황 좀 설명해 봐. 보고는 받았지만 역시 직접 들어야 좀 더 잘 그려지거든."

"네."

조현승이 당시의 상황을 침착하게 설명했다. 하나도 빼놓지 않고, 하나도 과장하지 않고 있는 그대로 전부 설명했다. 은여령도 자신의 관점에서 본 전부를 설명했다. 이화매는 턱을 매만지며 말을 자르지 않고 담담히 듣기만 했다.

특히 모리휘원이 기습을 했을 때에는 인상을 잔뜩 찡그렸지만 그래도 중간에서 자르지 않았다.

다 듣고 난 이화매는 바람에 날리는 머리카락을 한차례 쓸어 정리한 후 모아서 끈으로 질끈 묶었다.

"아예 못 느꼈어?"

"네, 느끼고 자시고 할 것도 없이 깡 소리가 나서 고개를 돌렸는데 진 대주는 이미 바닥을 뒹굴고 있었어요."

"무섭네, 진짜. 천하의 은성검이 낌새도 못 느낄 정도라면 대체 어느 정도로 빠르다는 거야?"

"그것도 문제지만 더 큰 문제는 속도가 엄청나니 무기에 담아둔 내력까지 온전히 보존되어 있는 상태로 대상을 때릴 수 있다는 거예요."

"그 문제가 진 대주를 저렇게 병신으로 만들어놨고?"

병신.

단어 선택이 참 기가 막히다.

씁쓸함과 자책감, 그리고 울컥 치밀어 오르는 분노까지 동시에 만들어내는 마법의 단어였다.

"네……."

"아주 지랄 같네. 그런 무기가 있으면 너도 사용할 수 있나?"

"물론이에요. 내력은 운용 방법에 따라 절삭력과 둔중한 충격 두 가지로 나뉘어요. 절삭력은 기본 형태이고 후자는 좀 더 어려운 방법이에요. 하지만 후자는 저도 무리예요. 아니, 무리하면 쓸 수는 있지만 한 번 사용하면 며칠은 내상을 다스려야 하죠."

"근데 그걸 모리휘원이 했다? 너보다 경지가 높다는 거야? 아니지. 그럴 리가 없는데? 놈은 흑각이긴 하지만 그중에서도 하위 서열이야. 진짜 무서운 놈들은 따로 있다고. 예를 들자면 적무영 같은 새끼들."

"그자도 내상을 입은 건 확실해요. 그걸 숨기고 자연스럽게 빠져나갔지만, 당시에는 경황이 없어서 알아차릴 수 없었어요."

"역시 간교(奸巧)한 새끼."

흑각의 무서움은 무력도 무력이지만 대가리가 진짜 잘 돌아간다는 데 있었다. 그게 가장 큰 문제였다. 죄다 어디 하나씩 깨져 나간 새끼들이지만, 그것과는 별개로 두뇌 회전이 기가 막히게 빠르다.

"하긴, 애초에 그 단계까지 못 올라가면 제작 과정에서 폐기 되는 새끼들이니."

으득.

답답한지 이를 간 이화매가 연초를 하나 꺼내 입에 물었다. 독특하게 생긴 게 중원에서 생산되는 연초는 아니었다.

"후우……."

입과 코에서 나온 연기가 바람에 밀려 이화매의 뒤로 흩어 져 사라졌다. 흩어져 사라진 연기처럼 가슴속에 뭉쳐 있는 답 답한 근심도 사라져 주면 좋으련만 그런 일은 역시나 일어나 지 않았다.

"너무 당하고 있어. 적무영이 오고 나서 반격이 굉장히 거 세."

"그런가요."

"그래. 마도가 저 지경이 되면서가지 잡은 화운겸도 놓쳤고, 사방에 구멍이 뚫리고 있는 지경이야. 처음부터 바로잡고 있긴 하지만 제대로 효과가 나오려면 역시나 시간이 필요해. 그 시 간을 벌어줘야 할 사람이 마도 저놈인데… 쯧."

안타까움이 깃든 이 사이로 바람이 빠지는 소리에 은여령은 저도 모르게 속 입술을 말아 물었다. 조절이 안 됐는지 살이 찢어지며 비릿한 피 맛이 느껴졌다. 하지만 은여령은 내색하지 않았다. 그러기에는 그녀의 정신이 지금 너무 강했다. 지금 그 녀의 머릿속을 지배한 것은 딱 한 가지 감정뿐이었다.

책임감.

조휘가 일어나기 전까지 공작대를 지키겠다는 책임감, 딱 그 감정 하나만 남아 그녀를 지배하고 있었다. 그러니 지금 그녀의 표정은 매우 단단했다. 그런 그녀를 이화매가 빤히 바라보다가 한마디 던졌다.

"너무 자책하지 마. 은성검 너, 지금 깨져 나갈 것 같아. 왜 이리 불안해하고 있어? 저놈, 저렇게 평생 누워 있을 놈 아니잖아."

"알고 있어요. 일어나겠죠, 그는."

"호, 그는… 이라……."

짧게 혼잣말을 했지만 들을 사람은 다 들었다. 호칭의 변화. 그걸 이화매는 민감하게 받아들였지만 정황상 잘못 받아들인 건 아니라는 걸 깨달았다. 그래서 잠깐 생각하다가 이내 웃는 이화매.

"뭐, 나쁘지는 않겠지. 참, 이거."

품에서 밀봉된 목함을 하나 꺼내 건네는 이화매. 은여령은 그걸 조심스럽게 받았다. 예민하게 곤두선 그녀의 감각에 목함이 범상치 않은 기색을 풍겼다. 식량을 조달하러 갔을 때 정천호가 건네려 한 두루마리처럼.

"한비연이 복주에서 찾아 건네준 거야. 묵언에 대대로 내려오는 단약이니까 마도에게 먹여."

"네."

목함을 옆에 서 있는 이화에게 건네자 이화매가 자세를 바로 했다. 그것만으로도 그녀의 기세가 변했다. 사적인 대화가 사라졌다는 뜻.

"은성검."

"네."

"이렇게 얻어터지고 가만히 있을 순 없잖아?"

"……."

"그러니까 우리도 갚아주자고."

"음……."

잠깐 고민하다가 은여령은 곧 짧게 대답했다.

"네."

제66장
마도가 없는 임무

임무가 하달됐다.

기존의 비천성 임무는 조휘가 일어날 때까지 보류되고, 새롭게 이화매가 내린 임무는 특정 장소의 폭파였다. 그리고 그 특정 장소는 황실의 비밀기지라 할 수 있는 곳이고, 은여령이 반드시 박살 내고 싶은 장소였다.

조휘를 지금 저 꼴로 만든 무기를 만드는 곳이기 때문이다. 오홍련에서 파악하기로 그런 무기 제련 장소는 명 전체에 열 곳이 넘었다. 은여령이 향하는 곳은 산동성의 기지이고, 다른 곳은 오홍련의 무인들이 전부 맡아 떠났다. 대대적인 반격의 시작인 것이다. 현재 은여령이 향하는 곳은 산동성 청주(靑州). 산동성만 따졌을 때 중앙쯤에 위치한 장소이다. 쉬지 않고 달려 이틀 만에 청주 인근에 도착한 은여령은 오홍련에서 마련한 안가에 들어섰다. 안으로 들어서자 오홍련 지부의 인물 하나가 기다리고 있다. 혼자 나왔음에도 전혀 긴장하지 않는 걸로 보아 꽤나 강단이 있고 경험도 풍부함을 알 수 있었다. 느껴지는 기세로 보아 공작대 대원과 일대일로 붙어도 우위를 점할 수 있을 실력자였다. 과연 오홍련. 실력 있는 대원을 얼마나 보유한 건지 그 끝을 짐작하기도 어렵다. 하지만 당장은 그게 중요한 게 아니었다.

"장소는요?"

"여기 있습니다."

곱게 접힌 작은 양피지 하나.

장소를 숙지한 은여령은 오현에게 양피지를 건넸다. 오현도 장소를 숙지하고 조현승에게로, 그리고 조현승은 그걸 타고 있는 모닥불에 던져 태워 버렸다. 다른 조장들에게는 건네지 않는 걸로 보아 기밀로 할 생각인 것 같았다.

"중걸 조장님, 악도건 조장님."

은여령이 두 조장을 부르자 조현승이 바로 입을 열었다.

"부 대주, 짧게 불러주십시오. 작전 중이라 생각하면 그리 길게 말할 틈도 아깝습니다."

"네."

다시 짧게 부르자 다가오는 두 사람.

"지금부터 축시까지 삼교대로 경계, 휴식을 취하도록 하고, 점검 전부 끝내세요."

"네."

역시나 존대가 나왔지만 이번에는 조현승도 뭐라 하지 않았다. 처음부터 다 고칠 수는 없는 법이고, 그건 조현승도 잘 아는 부분이다.

중걸과 악도건이 은여령이 내린 명령을 수행하러 갔고, 오현과 조현승, 오홍련의 비선 관계자와 은여령은 모닥불을 중심으로 모여 앉았다.

"현재 그곳 수비병은 이백 정도로 생각하고 있습니다."

"이백, 많네요."

"그곳 중요도를 생각했을 때 그리 많은 건 아닙니다. 훨씬 더 많아도 이상하지 않습니다만, 아무래도 그랬다간 이목을 끌 테니 최소한으로 배치한 것 같습니다."

"그런가요. 그럼 수준은 어떻게 되죠? 정예병인가요?"

"명 중앙군입니다."

"중앙군?"

"네, 북경수비군 예하 한 개 중대로 추측 중입니다."

"음……."

북경수비군. 황실친위군, 금의위.

황제 직속의 군부대이고 무력 기관이다. 당연히 혹독한 훈련을 경험한 이들로만 배치된다. 그러니 실력은 말할 것도 없을 것이다.

"하지만 다행히도 경험은 없어 보입니다. 잘만 하면 쉬운 전투가 될 것 같습니다. 물론 전략이 잘 맞아떨어져야 하겠지만요."

그 말에 은여령은 조현승을 바라봤다. 시선 속 조현승은 이미 골몰히 생각에 잠겨 있었다. 가늘게 좁힌 눈매. 그 안으로 보이는 눈빛은 시원하다고 할 정도로 빛나고 있었다. 당시 청도 작전 때 조현승의 작전은 거의 맞아떨어졌다. 확실하게 그가 원한 대로 벽을 사방으로 흩어버렸다.

이제 밀고 들어가면 되는 상황에서 전혀 예상치 못한 모리휘원이 등장한 것이다. 그때 조현승의 전략이 비틀렸다.

누구도 예상치 못한 흑각무사의 출현.

공작대 최고수인 은여령도 승부를 장담할 수 없는 괴물의 출현은 모든 작전을 순식간에 정지시켜 버렸다.

그나마 화운겸을 잡을 수 있던 건 한비연의 존재 때문이었다. 은여령과 동급, 혹은 우위를 점할 무력의 보유자인 그녀가 조용히 관저를 뚫고 들어가 화운겸을 잡아왔다. 그게 아니었다면 상황이 어떻게 돌아갔을지 예측조차 안 됐다.

어쨌든 변수만 없다면 조현승의 능력은 믿을 만했다. 그런 그가 잠시 고개를 들어 질문했다.

"무인이나 왜의 무사 계급은 없습니까?"

"없습니다. 안쪽까지 파고들진 못했지만 무기 공방은 하나의 큰 동굴 형태입니다. 그 안은 통풍이 안 돼서 굉장히 불쾌하고 덥습니다. 동굴도 크지 않고요. 안에 있을 확률은 거의 없습니다."

"흠."

고개를 주억거리며 수긍한 조현승은 다시금 생각에 잠겼다. 은여령은 가만히 자리에서 일어났다. 그의 생각을 방해하기 싫어서였다. 그녀가 일어나자 오현과 비선 관계자도 조용히 일어났다. 은여령은 잠시 생각을 정리하고 다시 다잡을 마음으로 조용한 곳으로 이동했다. 오현이 따라왔지만 고개를 저어 못 오게 하고는 혼자서 바람을 쐬러 나갔다. 이제는 밤바람도 제법 뜨뜻미지근했다.

생명은 기지개를 활짝 켰고, 온 세상을 푸르게 물들여 갔다. 하지만 세상만 그렇다. 이제 은여령은 생명을 꺾는 행동에 들어간다. 예전이었다면 살인에 괴로웠을 것이다. 그런데 지금은 그런 게 하나도 느껴지지 않았다.

'참 많이 변했네.'

익숙해졌다는 것.

그게 아마 가장 큰 이유이고, 두 번째는…….

'진 대주…….'

조휘다.

한번 느끼기 시작하자 봇물 터지듯이 그에 대한 것들이 마음속에 자리 잡았다. 발단은 서문영이다. 그녀가 조휘에 대한 마음을 솔직하게 표현하자 질투가 차올랐다. 당시에는 그 질투의 마음대로 행동하지 않았다. 당연했다. 은여령은 수양이 깊은 무인이니까. 하지만 말하면서도 본심과는 전혀 다른 말을 하는 자신이 괴로웠다. 그 이후 은여령은 솔직히 인정했다. 그를 가슴에 담았다는 것을 부정하지 않기로 했다.

심장이 욱신거리고 지끈거렸다.

아직도 잠들어 있을 그를 생각하자 심장에 온 통증이다. 처음은 미약하게 온 통증이 점차 시간이 지날수록, 걸으면 걸을수록 커져만 갔다. 이 작전의 의미는 은여령에게는 확실히 달랐다. 이화매는 복수라 했다.

마도의 복수.

은여령에게도 복수이긴 하다.

다만 사랑하는 이를 해친 놈들에 대한 복수다.

이번 작전, 은여령은 정말 독하게 다짐했다. 가능한 한 모든 것을 파괴하고 숨 쉬는 모든 자들을 죽이겠다고.

걷다 보니 작은 웅달샘이 나왔다.

산길 위에서 쪼르르 떨어지는 물소리가 은여령의 상념을 깨웠다. 독한 생각, 애절한 생각 등이 멈추자 허파에서 바람이 쪽 빠져나간 것처럼 진이 빠졌다. 대신에 온몸이 달아올랐다. 육체가 흥분으로 가열된 것이다.

손가락을 넣어보니 물이 차다.

신을 벗고 발을 담가보는 은여령. 차가운 한기가 발끝부터 정수리로 치고 올라왔다. 덕분에 달뜬 몸과 마음이 차분하게 식었다. 좋은 징조였다. 이걸로 작전 상황 시 좀 더 냉정하게 반응할 수 있을 것이다.

*　　　　*　　　　*

인시 초, 푹 하는 섬뜩한 소리와 함께 작전이 시작됐다. 칙칙한 단도가 신경 다발을 긁어내며 뽑혀 나왔다.

푸슉, 푸슉!

피가 간헐적으로 튀어 올라왔지만 그 소리와 양은 미약했다. 정확히 급소를 죽을 정도로만 갈랐다.

은여령의 기술이다.

스윽.

어둠을 틈타 움직이는 그녀의 움직임은 고양이처럼 날래고
은밀했다. 양손에 쥔 검고 흰 단도 한 쌍이 시퍼런 살기를 뿌
리고 있다. 조휘의 쌍악이다. 그의 복수를 위해 온 길, 그래서
허락도 맡지 않고 그의 무기를 챙겨 왔다. 의식이 없는 조휘의
허락은 당연히 불가능했고, 장산과 위지룡도 그런 은여령의 생
각을 알아차렸는지 아무 말도 하지 않았다. 지면을 통통거리
면서 이동하는 은여령. 그런데도 소리는 거의 나지 않았다. 그
래서인지 동료가 하나 죽으며 작전 개시를 알렸음에도 보초를
서고 있던 병사들은 여전히 킬킬거리며 잡담하기에 바빴다. 음
담패설이 주를 이루는 잡담 중 은여령이 불쑥 나타났다.

푹!

"어?"

뒷목에 꽂아 넣은 백악. 그 소리에 옆에 있던 병사가 고개
를 잠깐 갸웃거렸다가 소리가 난 쪽으로 돌렸다.

서걱!

그리고 그게 마지막이 됐다. 심하다 싶을 정도로 날카로운
흑악이 정확하게 울대를 갈랐다. 반사적으로 목을 잡고 물러
서려는 병사의 멱살을 잡아 끈 다음 입을 막아 쓰러뜨렸다.

푹!

그리고 심장에 다시 흑악을 찔러 넣었다.

"크륵, 크르르……."

간헐적인 신음을 뱉어냈지만 그 소리는 굉장히 작았다.

사사삭.

공작대가 움직이는 소리가 사방에서 들려왔다.

동굴로 들어가는 입구는 숲이다. 이 숲을 무조건 통과해야 원하는 장소에 갈 수 있었다. 그래서 적지 않은 숲으로 공작대 전원이 침투했다. 숲 곳곳에 줄을 통한 신호 장치가 되어 있었지만, 위지룡과 악도건이 귀신같이 찾아 끊어내고 있었다.

방금 죽인 둘을 조용히 바닥에 눕힌 은여령.

시체를 내려다보는 그녀의 눈에는 아주 조금의 미안한 감정도 깃들어 있지 않았다. 오히려 매우 당연하다는 눈빛이다. 장산이나 위지룡이 지금 은여령의 눈을 봤다면 아마 조휘의 눈이랑 똑같다고 할 것 같았다.

그만큼 현재 은여령은 평소의 은여령이 아니었다.

저주받은 무기를 박살 내러 온 곳.

그녀는 조휘 대신 악마가 되기로 이미 굳게 마음먹은 상태였다.

사사삭.

이내 다시 움직이기 시작하는 그녀의 뒤를 조용히 뒤따르던 오현은 짧게 한숨을 내쉬었다. 혹시 몰라 그녀의 뒤를 받치고 있었다. 지금 그녀의 움직임은 평소 봐오던 것이다. 그건 확실했다.

그런데 그의 눈에는 뭔가 애매하게 다른 게 보였다.

표정이다.

장산이나 위지룡이 봤으면 조휘를 떠올렸을 거란 말처럼 지금 은여령의 표정은 조휘와 똑 닮아 있었다. 너무 닮아서 같은 사람이 아닌가 싶었다. 아니면 한날한시에 태어난 이란성

쌍둥이가 아닌가 싶을 정도로 완전 닮아 있었다. 그게 걱정이 됐다. 다른 사람의 눈빛을 했다는 건 자신의 현재 마음이 아니라는 뜻이니까. 그래서 그게 혹시 역효과를 낳을까 걱정이다. 하지만 그건 기우였다.

은여령은 대단했다.

특유의 흔들거리는 움직임으로 숲을 가로질러 가는데 소리가 안 나는 건 물론이요 보초병들의 위치도 그가 막히게 잘 잡아내고 있었다. 게다가 기척도 거의 느껴지지 않아 보초들은 지들끼리 떠들다가 목과 심장에 구멍이 송송 뚫리며 죽어 나갔다.

푹.

등 뒤로 귀신처럼 움직여 이번에도 심장에 백악을 꽂아 넣었다. 컥 하는 소리가 나며 불길처럼 퍼지는 통증의 진원지로 고개를 돌렸지만 이미 은여령은 없었다. 어느새 옆으로 이동해 호각을 입으로 가져가는 다른 보초의 손목을 베어가고 있었다.

서걱.

흑악이 깔끔하게 손목을 절단했다. 툭 떨어지는 손목에 보초가 비명을 지르려는 순간 이미 은여령은 보초의 입을 막았다.

퍽!

어찌나 세게 막았는지 그 힘에 보초의 몸이 붕 떴다가 바닥에 그대로 대가리부터 처박혔다.

서걱!

푹!

번개처럼 움직인 흑악이 목을 가르고 다시 즉시 회수되며 심장에 틀어박혔다가 빠져나왔다. 이 짧은 행동에 걸린 시간은 거의 크게 숨을 들이마셨다가 내뱉은 정도와 비슷했다. 가공할 능력이다. 은여령이 쌍악을 다시 회수하고 몸을 일으키는데 삑 하고 날카로운 소리가 숲을 관통했다.

오홍련만 쓰는 호각이다.

삑! 삑!

이어서 다시 연달아 울렸다.

은여령도 목에 건 호각을 꺼내 불었다.

삐이익!

조금 길게.

정리가 끝났다는 신호가 연달아 숲 곳곳에서 울리기 시작하며 작전의 일 단계가 끝났다.

전철승은 기분이 매우 좋지 않았다.

북경 중앙군의 백부장인 그는 이런 촌에서 썩어야 한다는 현실에 정말 하루하루가 곤욕이었다. 명령이야 비밀 기지 같은 장소의 경비라고 했지만, 그는 이게 좌천이라고 생각했다. 북경 군부 실세인 전가의 삼남인 그는 놀고먹다가 부친의 압박에 못 이겨 동아줄을 타고 내려간 곳이 명 중앙군 백부장이었다. 시작이 백부장이었지만 상관없다고 생각했다. 금방 승진해 못해도 일군은 맡을 수 있을 거라고 생각했고, 추후의 의심도 없었다. 그런데 몇 달 전 작전 명령이 떨어진 것이다. 백부

212 마도 진조희

장인 그에게 이백의 병사를 줄 테니 특정 장소를 경비하라는 임무였다. 임무 자체는 매우 간단해 보였다.

다만 군 경험이 없는 그는 알아차리지 못했다.

작전 내용은 있지만 작전 기한은 없다는 사실을 말이다. 그래서 여기에서 이렇게 썩고 있었다. 그 사실이 미치도록 짜증 났다.

"퉤!"

목구멍에서 꾸물거리는 가래를 뱉어낸 그는 괜히 모닥불을 나무로 들쑤셨다. 추웠다. 슬슬 날씨가 풀려야 할 텐데 숲속은 진짜 지랄 맞게 추웠다.

예전 숙소가 정말 사무치도록 그리웠다. 거긴 한겨울에도 훈풍이 불었다.

"저, 백부장님."

"왜!"

"신호가 안 옵니다."

"무슨 신호?"

꿀꺽꿀꺽.

말을 받은 그는 바로 호리병 마개를 열고 몰래 사들여 온 백주를 들이켰다. 하도 추우니 이거라도 안 먹으면 몸이 견뎌나질 못했다. 물론 전철승은 모를 거다. 지금 날씨가 추운 게 아니라 이 정도 날씨에 밖에서 노숙이나 야영을 해본 경험이 아예 전무해서 춥다는 사실을. 실제로 다른 병사들은 그리 두꺼운 외투도 입지 않고 잘만 버텼다. 그의 추위는 세상 경험의 부족으로 인해 일어난 추위였다. 하지만 알 턱이 있나. 한평생

온실 속에서 살아온 전철승인데.

"약속된 시간이 지났는데도… 신호가 안 옵니다."

"아, 썅! 그러니까 무슨 신호, 인마!"

"보초들 신호 말입니다."

"아, 그거? 그럼 니가 가서 확인하고 와!"

"제가 말입니까?"

"그래, 너! 왜, 싫어?"

"아하하, 아닙니다. 얼른 갔다 오겠습니다!"

그렇게 말하고 전철승에게서 등을 돌린 십부장 곽준은 이를 부득 갈았다. 거지같은 새끼. 부모의 후광으로 동아줄을 타고 내려온 무능력의 결정체인 새끼. 살도 뒤룩뒤룩 쪄서 움직임도 둔하다.

숲으로 걸어가는 곽준은 정말 궁금했다. 그가 알기에 이 장소는 극비 장소다. 절대 들켜서도 안 되고 공략되어도 안 되는 곳이다. 그런데 왜 저런 놈이 책임자로 왔는지 이해가 안 갔다. 하긴 알 리가 없을 것이다.

이조차도 전철승의 부친이 입김을 쉴 새 없이 불어 얻은 결과라는 것을.

"하, 씨발! 이 쫌에 내가 지금 이딴 거나 하고 있어야 되냐. 아오!"

횃불 하나를 들고 숲으로 들어가며 곽준은 반사적으로 욕을 내뱉었다. 십부장. 사실 따지고 보면 그리 높은 직급도 아니다. 명군 전체에서 십부장을 다 모으면 일개 성 주둔군 정도는 거뜬히 나올 것이다.

진짜다.

그만큼 발에 치이는 아주 보잘것없는 직급이다. 그의 발에 밟힌 나뭇가지가 두 동강이 나며 부러졌다.

"야! 야 이 새끼들아! 시간 됐는데 왜 처자고 지랄들이야! 종 안 울려!"

가장 가까운 장소로 온 곽준은 냅다 소리를 질렀다. 사실 무서웠다. 숲에 혼자 있다 보니 자연스레 오한이 일었고, 뭔가 으스스한 느낌이 들었다.

"야, 너 이 새끼들, 대답 안 할래? 가서 처자고 있음 뒤진 다!"

급하니 말도 막 짧아지고 소리도 점점 뾰족해졌다. 저 앞에 고정되어 있는 종이 보인다. 머리통만 한 종은 툭 쳐도 둔중한 소리를 사방으로 전달할 것이다. 그런데 아주 딱 고정되어 있 다. 나무에 묶여서 말이다.

"어?"

원래는 저렇게 고정되어 있으면 안 된다. 왜냐고? 당연히 고정되면 진동이 안 되기 때문이다. 진동이 없으면 소리가 울리 질 않는다. 그러니 저렇게 고정되어서는 안 되었다.

"이 새끼들이 진……."

푹.

푹푹.

서걱.

"어……."

옆구리와, 아랫배, 윗배, 그리고 목에서 화끈한 통증이 일었다. 북해의 호수에 한참 동안 담가놓은 칼로 찌른 것처럼 시원했고, 저 동굴 안 끝부분에 있는 화로에 한참 동안 달구어놓은 칼로 찌른 것처럼 뜨거웠다.

"허어……."

숨이 가빠지지만 동시에 바람이 쭉 빠진 장기 때문에 곽준은 신음도 제대로 지르지 못했다. 거기다 성대까지 갈렸다. 이제는 아무리 지랄발광을 해봐도 빠져나가는 생을 잡지는 못할 것이다.

비척거리며 물러나는 곽준의 앞으로 스르륵 유령처럼 나타나는 시꺼먼 존재. 바람이 불며 비릿함 속에 약간의 향긋한 내음이 섞인 묘한 향이 느껴졌다. 신장은 자신 만하지만 체형은 전체적으로 호리호리한 여인임을 직감했다.

"씨, 씨바……."

풀썩.

유언으로는 욕이었는데 그 욕도 끝까지 뱉지 못하고 곽준은 허물어졌다. 저승길로 떠난 것이다. 하지만 외롭지는 않을 거라 생각됐다. 왜? 좀 전에 이 숲에서 보초를 서던 오십에 가까운 인원이 전부 공작대에게 암살당했으니 길동무는 매우 많을 것이다. 못다 한 얘기가 있으면 저승길을 사이좋게 걸으며 나누면 된다.

그리고 새까만 흑의를 입은, 두 자루의 기형 단도를 쥔 사신은 다시금 걸음을 옮겼다. 그 사신의 걸음은 거침없이 숲을 뚫고 들어갔고, 어느새 동굴 입구의 공터에 도착했다. 그런 사신을 처음으로 발견한 건 의외로 전철승이었다.

"뭐야, 저년은?"

스르릉.

두 자루의 단도가 허리로 사라지고, 검을 뽑은 사신이 저벅
저벅 전철승을 향해 걸음을 옮겼다.

*   *   *

걸으면서 은여령은 사방을 살피는 걸 잊지 않았다. 이놈들
에게는 총이 없었다. 모두 보병이었고 중보병도 아닌 단순한
창병과 방패병, 검병과 노(弩)병 조금이 전부였다. 숲속에서 오
십을 죽였으니 이제 남은 건 백오십이다. 현재 숙소에서 자고
있을 놈들이 못해도 백 이상일 테고, 밖에 있는 놈들은 전부
삼십이 채 안 됐다.

적지 않은 숫자였으나 은여령에게는 부족한 숫자였다. 게다
가 은여령은 이들이 정예가 아님을 알았다.

은여령이 등장했음에도 껄렁거리며 일어나는 것들이 대부
분이다. 경계라고는 눈을 씻고 찾아봐도 없었다.

이 시간에, 이 장소에 나타났다는 것만 봐도 위험하다는 걸
알아야 되는데, 그 정도 파악도 안 되는 것들이란 소리다. 만
약 경험이 있었다면 은여령이 나오는 순간 즉각 노병부터 움직
였을 것이다.

하지만 그러지도 않았다. 은여령은 숲에서 보초들을 상대하
며 알았다. 이곳 수비 병력의 수준이 형편없음을. 그래서 이렇
게 대놓고 몸을 드러냈다.

"넌 뭐야? 이 미친년이 여기가 어디라고 와!"

"황실의 신무기 개발기지 아닌가요?"

"뭐? 그걸 아는 년이! 하, 나 이거 별의별 게 다 짜증 나게 하네. 뭐 하냐, 이 새끼들아! 잡아 꿇려!"

전철승의 짜증스러운 외침에 가까이 있던 병사 몇 놈이 손을 툭툭 털면서 은여령에게 다가왔다. 그걸 어둠 속에 숨어 홍뢰를 겨누고 있던 공작대원들은 아주 참신한 자살 방법을 보는 것 같았다.

은여령이다.

지금은 여인이 아니라 검을 든 무인이다.

그것도 흑각을 상대하는.

그런 무인에게 무기도 안 뽑고 어슬렁거리면서 다가오고 있다. 도망쳐도 부족할 판에 거리를 알아서 좁혀주고 있었다.

쉭.

어둠을 가르고 은빛 궤적이 번쩍였다.

후웅.

칼바람 소리도 뒤늦게 쫓아올 정도로 순속의 검격이었고, 결과는 포위하듯 다가오던 병사 다섯의 머리가 일시에 잘려 주르륵 목에서 미끄러지는 걸로 나타났다.

푸슉, 푸슈슈!

잘린 목에서 피가 마구 솟구쳤다.

기괴함의 극치를 보는 것처럼, 그리고 상식을 벗어난 이 검격에 몸을 숨긴 공작대원들과 은여령을 뺀 나머지 전부가 얼어붙었다. 첫 번째로 찾아오는 현실 인지 장애다. 무슨 일이 일어나긴 했는데 그게 현실인가? 이런 상태인 것이다. 그럼 두 번째는? 당연히 현실 부정이다.

"뭐, 뭐, 뭐… 왁! 뭐야! 뭔데! 씨발! 저게 뭐야!"

전철승의 발악 같은 외침에 병사들 전부가 이제야 불청객이 사신임을 알아차리고 각자 병기를 뽑아 들었다. 하지만 이미 매우 늦었다. 은여령은 가장 가까운 곳부터 쓸어버리기 시작했다.

파박!

두어 번 지면을 박차니 벌써 정면에 턱하니 적병이 보인다. 가볍게 심장이 있을 거라 예상되는 부위에 검을 쑤셔 박았다가 비틀어준 다음 뽑으면서 바로 가로로 베었다.

서걱!

눈으로도 좇기 힘든 고속의 검격이 귀 위에서부터 가르고 들어가 반대쪽으로 쏙 빠져나왔다. 두개골을 아예 잘라 버린 것이다.

후웅!

그대로 몸을 한 바퀴 회전하며 자세도 따라 낮아졌다.

촤아악!

가죽신이 지면을 긁는 소리가 들리고 동시에 은여령의 뒤에서 달려들던 병사들의 다리가 무릎부터 죄다 잘려나갔다. 이어 몸을 웅크리고 뒤로 굴러 물러나는 은여령. 노(弩)를 들어 은여령을 겨냥하는 놈들이 생겨나자,

퉁! 투두두두둥!

어둠 속에서 둔중한 시위 팅기는 소리가 들렸다. 그리고 소

리와 동시에 홍뢰의 화살이 노병들의 목이며 가슴에 사정없이 박혀들어 갔다.

"기, 기습이다! 기습이다!"

전철승이 마구 소리치며 동굴 쪽으로 도망갔다.

그 순간 은여령은 이미 움직이고 있었다. 표적? 없었다. 그냥 닥치는 대로, 눈에 보이는 대로 모든 적을 베어 넘길 작정이다.

서걱.

푹!

목울대를 가르고, 심장을 찌르고, 아주 빠르면서도 간결한 동작으로 둘을 더 잡은 은여령은 다시금 가장 가까운 적에게 몸을 날렸다. 이번에는 노병들이다. 막사 뒤쪽으로 도망치던 노병들의 뒤를 은여령은 순식간에 따라잡았다. 애초에 뛰는 속도가 달랐다. 도망치고 싶어도 내력을 운용 중인 은여령에게서 벗어나기란 죽음을 제외하고는 절대 불가능했다.

서걱!

맨 뒤에 있던 적의 척추부터 그대로 가르고 들어간 검이 꼬리뼈 쪽에서 빠져나왔다. 벼락이라도 맞은 것처럼 부르르 떨더니 고개가 좌우로 마구 흔들렸다. 신경 다발이 죄다 잘리면서 몸이 통제에서 완전히 벗어난 것이다.

픽!

발로 차서 앞으로 밀어내니 바로 앞에 있던 적병이 노를 겨누고 있는 게 보인다. 은여령은 피하지 않고 바닥을 박찼다.

퉁!

홍뢰보다 가벼운 시위 퉁기는 소리가 들렸고, 은여령이 내리그은 검에 퉁겨나가는 화살 소리가 뒤이어 들렸다.

"미친!"

병사가 은여령의 말도 안 되는 무력에 악을 썼다. 십 보? 바로 그 정도에서 쏜 노의 화살을 쳐낸 것이다. 상식적으로 말이 되나? 그 병사의 상식에서는 절대 불가능했다. 화살보다 사거리는 짧아도 직사, 연사는 총에 버금가는 게 중앙군의 연노(連弩)다. 그런데 그걸 코앞에서 쳐냈다.

말도 안 되는 일이 벌어졌고, 욕이 터져 나오는 것도 당연했고, 그 욕이 유언이 되는 것도 당연했다.

푹!

심장에 틀어박힌 검.

욕할 시간에 차라리 튀어야 했다. 그래야 촌각이라도 더 살았을 것이다. 다시 검을 비틀어 뽑은 뒤 막다른 궁지에 몰린 노병들의 목을 사정없이 쳐 날렸다. 동시에 입구에서 허겁지겁 튀어나오던 놈들은 모조리 홍뢰의 제물이 됐다. 나오는 순간 쏟아지는 저격에 최초 삼십 정도 나온 놈들은 뭐 하나 해본 것도 없이 숨이 끊어져 바닥에 처박혔다.

"으아! 으아악!"

전철승은 한쪽 구석에서 머리를 감싸 쥐고 마구 소리를 질렀다. 그의 상식에서 이건 꿈이었다. 현실에서는 일어나서 안될 꿈. 그는 언제나 포식자의 위치에 있었으니까. 말 한 마디면 난다 긴다 하는 기녀들도 옷고름을 풀었고, 동년배의 친우들도 자신의 말 한 마디면 죽는 시늉이라도 했다.

그런 전철승의 삶에 비추어볼 때 이건 꿈같은 일이었다. 하지만 엄연히 현실이었다.

콰앙!

콰과광!

"왁!"

진천뢰가 동굴 안으로 들어가 터졌다. 종류가 다른 건지 어마어마한 폭발음과 함께 동굴이 부르르 떨더니 무너져 내렸다. 그럼 그 안의 사람들은? 작전 끝이다. 동굴의 뒤는 없었다. 애초에 동굴의 뒤가 뚫려 있었으면 그건 동굴이라 부를 수도 없었다.

부스스 먼지가 날리며 소음이 멎었지만 전철승은 고개를 들지 못했다.

"으으, 으으으……."

완전히 혼란에 빠진 것이다.

꿈같은 현실에 넋이 나가 버렸다.

저벅, 저벅저벅.

그런 그에게 다가오는 발걸음 소리. 전철승은 사지를 오들오들 떨었다. 벽에 바싹 붙어 최대한 몸을 웅크렸다.

저벅거리던 소리가 멎었다.

바로 등 뒤에서.

그게 전철승의 정신을 마구 자극했다.

극도의 불안감과 공포가 정신을 지배가 아닌, 갈가리 찢어 버렸다.

스으으윽.

옷깃 스치는 소리가 들린다.

"으아! 으아아!"

그에 전철승은 마구 소리를 질렀다. 뒤이어 꼬리에 불이라도 붙은 것처럼 날뛰다가 우뚝 멈췄다. 실수로 돌아간 고개. 두 눈 앞에는 검을 하늘 높이 들어 올린 은여령이 있었다.

"아⋯⋯."

촤아아악!

가느다란 신음이 나오는 찰나, 떨어진 은여령의 검이 정수리부터 가르고 들어가 사타구니에서 빠져나왔다.

제67장
그가 악마라 불리는 이유

"작전은 순조롭습니다. 공작대는 지금 청주에서 벗어나 새로 파악한 빈주로 향하고 있습니다."

　"음."

　양희은의 보고에 이화매는 골몰히 생각에 잠겼다.

　작전은 분명 순조롭게 끝났다고 했다. 그런데 왜지? 기분이 좋지 않았다.

　논리적으로 설명할 순 없지만 뭔가 따끔거리는 게 기분이 좋지 않은 정도에서 이제는 불쾌해지려 하고 있었다. 뒤통수가 따끔따끔하다.

　"공작대의 이동 경로가 샌 흔적은 없습니다. 현재 교란은 제대로 작동하고 있습니다."

　"그렇겠지. 그러라고 그렇게 돈을 퍼부었으니까."

오홍련의 행사는 사실 상당히 은밀한 편에 속했다.

특히 그중 공작대나 간부, 제독급 인사들은 말할 것도 없었다.

이화매는?

오홍련 전체로 따졌을 때 가장 은밀하게 움직인다. 지금 그녀가 있는 곳은 태안이다.

"그건 그렇고, 아직 멀었나?"

"한 시진 정도만 더 가면 도착할 것 같습니다."

목적지는 제남.

이곳은 온 이유는 제남에 있을 산동성 도지휘사(都指揮使) 반윤(潘贇)을 만나기 위함이다. 이름에 예쁘고 아름답다는 윤자가 들어가지만, 그와는 달리 반윤은 산도적도 울고 갈 외모의 소유자였다.

어쨌든 그런 반윤은 이미 예전부터 이화매의 사람이었고, 그가 얼마 전 서신을 보내왔다. 굉장히 중요한 일이라 정보를 적어 넣진 않았고, 특급이라고만 써넣은 서신이었다. 그가 직접 올 수도 있겠지만 도지휘사란 직급을 가진 그는 주변에 정적(政敵)이 넘쳐났다.

그가 자리를 비우면 무슨 일이 일어날지 안 봐도 뻔했다. 그의 가족은 몰살당할 것이고, 아군이던 이들도 적으로 돌아설 것이다.

그래서 그는 자리를 비울 수가 없었다.

따라서 이화매가 직접 왔다.

"후우, 역시 마차는 적응이 안 돼. 엉덩이가 쪼개지는 느낌이야."

"하하, 배가 낫습니까?"

"천 배 낫지. 아오!"

앉은 자세에서 허리를 이리저리 비틀고 콩콩 뛰어서 몸을 푸는 이화매이다.

며칠째 마차를 타고 이동했더니 죽을 맛이었다. 말을 타고 달려도 괜찮지만 그녀의 이동 경로는 말했듯이 극비라 말은 절대 불가였다.

특이나 지금처럼 전면전의 양상으로 흐르고 있는 상황에서 말을 타고 달리는 건 나 여기 있소, 하고 광고하는 것과 하나도 다를 게 없었다.

그래서 마차를 선택했다.

빠하긴 하지만 그래도 마차만큼 외부의 시선을 막아주는 이동 수단도 없기 때문이다.

변장하고 그냥 걸어갈 수도 있지만 그래서야 시간이 너무 걸린다.

이화매는 매우 바쁜 일정을 소화해야 하고, 빨리빨리 끝내고 또 다른 볼일을 보러 가야 한다.

"마도는?"

"아직입니다."

"아, 이놈, 대체 언제까지 처잘 생각이래?"

"하하, 아무래도 그동안의 피로가 누적된 게 아닌가 싶습니다."

"피로 누적?"

"네, 마도는 지난 십 몇 년간 전장에서 보냈습니다. 후방 지원도 아닌 최전방에서 목숨을 내놓고 작전을 수행했지요. 아마 작전이 끝나고 쉬어도 쉴 게 아니었을 겁니다."

"음……."

그럴듯했다.

타격대는 그런 곳이다.

작전이 없어서 군영 내 대기 상태에도 그게 어디 대기인가, 감금이지.

"게다가 마도는 복수심이 굉장합니다. 머리를 비우고 쉬어도 부족할 판에 하루하루 복수심을 갈고닦았으니 정신에 상당히 무리가 왔을 겁니다."

"그러니까 지금은 그런 이유들 때문에 몰아서 쉬고 있다?"

"예상입니다. 허허."

피식.

이화매는 양희은의 말에 웃고 말았다.

마치 의원처럼 진단을 내렸는데 상당히 신빙성이 있었다. 그리고 양희은의 나이를 생각하며 연륜에서 나온 의견이라 봐야 할 터, 그래서 믿을 만했다.

"때가 되면 자연히 일어날 겁니다. 왜, 제독도 그런 경험 있지 않습니까. 흑각에게 기습당하셨을 때."

"아아, 그때. 하긴, 나도 그때 그랬지."

곰곰이 생각해 보니 자신도 그런 경험이 있었다.

예전에 흑각에서 기습당해 등을 갈렸을 때, 이화매도 사경을 헤맸다.

당시 오홍련에서 모든 힘을 동원해 최고의 의원과 약재를
사용해 죽어가던 그녀를 살려냈고, 시간이 지나 모든 게 정상
으로 돌아왔지만 눈을 뜨지 못했다.

그때 고희(古稀)도 훌쩍 넘은 연세 지긋한 어느 의원이 그랬
다.

허허, 이 제독이 고생이 너무 심해 이제야 좀 쉬는가 보오.
푹 쉬고 나면 자연히 일어날 터이니 걱정일랑 마시고 그냥 두
시오. 허허허.

양희은은 당시 그 말을 이해 못 했다. 하지만 그 말은 사실
이었다.

이화매는 좀 더 시간이 지나 한숨 푹 잔 것처럼 기지개를
켜며 일어났다. 그때를 생각해 낸 양희은이 마도도 그럴 거라
예상한 것이다.

이화매도 자신의 경우가 있으니 금방 납득했다. 그걸 생각
해 냈기 때문일까? 이화매의 입가에는 진한 미소가 걸려 있었
다.

"근데 그건 그렇고, 칼이나 줘봐."

"네, 여기."

아니었다.

이화매의 웃음은 점차 진해졌고, 그건 곧 살기를 담아 번들
거리기 시작했다.

"어느 접대가리 상실한 새끼가 관도 한복판에서 우리를 덮

쳐 올까나?"

"관군은 아닙니다. 보니까… 마적 떼 같군요."

양희은은 마차 양쪽으로 난 창을 통해 들판을 가로질러 다가오는 마적 떼를 보며 대답했고, 이화매는 피식 웃고 말았다.

"골 때리네."

어느새 마차는 멈춰 있었다.

끼익.

그리고 문이 열리며 진한 선의 사내가 보였다.

유키무라.

이화매를 초근접에서 경호하는 오홍련 최강의 무인이다.

"적입니다."

"봤어. 수는?"

"대략 오십 정도 됩니다."

"오십이라……. 적지도 많지도 않은 애매한 수네. 어떻겠어?"

"하하."

이화매의 질문에 유키는 그저 가볍게 웃음으로 대답했다.

천하의 유키에게 저 정도 수야 그냥 식후 소화 운동 정도밖에 안 된다. 게다가 이화매가 움직이는데 호위가 유키 혼자일 리가 없다.

근처에 최정예 이십이 있다. 공작대와 비교해도 결코 부족하지 않은 철혈의 선원들이다.

하지만 그들 중 열 정도는 마도의 마차를 호위 중이니 남은 열 명밖에 전투에 참가하지 못한다. 하지만 말했듯이 백전연

마의 선원들이다. 이들 열만 있어도 저 마적 떼는 가볍게 쓸어 버릴 것이다.

"문제는 말이겠고, 혹시 다른 무기가 보이나?"

"없습니다. 전부 조잡한 마상용 무기로밖에 안 보입니다."

"그래, 알아서 해결해, 그럼."

"네."

끼익, 탁.

문이 다시 닫혔다.

"아니다. 안 그래도 찌뿌드드했는데 나도 좀 껴야겠어."

끼이익.

문이 다시 열리고 이화매가 마차에서 내렸다.

강렬한 햇빛이 이화매를 반겼다. 중천에 걸린 해는 이화매에게 열기를 선사했고, 결국 손부채를 하며 몸을 푸는 이화매이다.

스르릉.

허리에 걸린 검을 뽑는 이화매. 불그스름한 기를 머금은 그녀의 검은 이상할 정도로 불길한 기운을 띠고 있었다. 아주 특수한 방법으로 제련된지라 강도(剛度)가 조휘의 풍신에 버금간다.

푸확!

그녀가 검을 뽑는 순간에 이미 유키의 요도(妖刀)가 기괴할 정도로 아름다운 궤적을 그리고 있었다. 하지만 그 아름다운 궤적은 가공할 만한 파괴력을 보였다. 마적 떼, 즉 말을 탄 도적이란 소리다.

유키는 그런 마적 떼를 말과 함께 그대로 갈라 버렸다. 그것도 스쳐 지나가는 놈을 도(刀)로 말과 함께 가로로 양단했다.

푸확!

피분수가 솟구치는 소리다.

"저년 잡아!"

유키의 가공할 무력에 놀란 마적 떼가 검을 뱅글뱅글 돌리고 있는 이화매를 발견하고 달려들었다. 이화매는 그 외침에 그냥 웃고 말았다.

"새끼들, 눈치 하나는 빠르네."

유키의 무력이 보통을 넘자 여인이고 마차에 타고 있던 걸로 보아 호위 대상이거나 높은 사람임을 감지한 것이다.

하지만 눈치가 좋다고 모든 게 잘 풀리는 건 아니다.

슈욱!

펑!

요상한 가죽 주머니가 갑자기 마차 뒤에서 날아올라 터지는 순간 이미 오홍련의 대원들은 전부 코만 가리는 복면을 뒤집어썼다.

히힝!

이히히힝!

그리고 떨어지는 붉은 분말에 말들이 광분하기 시작했다.

"으악! 뭐, 뭐야! 이 씨발!"

"고, 고춧가루? 악!"

날뛰는 말 때문에 달려들던 놈들이 모조리 바닥으로 떨어졌다.

　말들은 그야말로 지랄발광이 뭔지 아주 제대로 보여주고 있었다. 오십에 가깝던 마적 떼의 거의 대부분이 바닥으로 떨어졌고 말은 사방으로 흩어졌다.

　"저 말만 갖다 팔아도 먹고살겠구만."

　"허허, 그러게 말입니다."

　이화매, 그리고 양희은은 여전히 평온했다. 어느새 빠르게 다가온 오홍련 대원들이 전후좌우를 점하고 섰다.

　백전연마의 선원들이다.

　배 위에서는 진짜 무섭지만 육지에 있다고 그 무서움이 어디 가는 건 아니었다.

　"이 개년이!"

　바닥에 떨어진 마적 중 가장 가까이 있던 놈이 욕지기를 내뱉으며 이화매에게 달려들었다. 투박한 칼을 양손으로 쥐고 달려드는 걸 보며 이화매는 그냥 웃고 말았다. 물론 눈빛은 이미 진득했다.

　"뒈져!"

　빡!

　내려친 도가 그대로 땅 바닥에 처박혔다. 옆으로 미끄러지듯이 피한 이화매가 발을 들어 마적의 무릎을 찍었다.

　우둑! 뚝!

　두 번의 소리가 연달아 들렸다.

　"으억!"

　억눌린 신음을 흘리며 풀썩 무릎을 꿇는데, 아직 뭐가 뭔지

감이 안 잡히나 보다.

새까만 그림자가 드리우자 고개를 드는 마적. 이화매가 어느새 칼을 들고 내려다보고 있었다.

"목 자르기 딱 좋은 자세네?"

"어, 어⋯⋯?"

쉭.

서걱.

한 손으로 털듯이 내려친 검이 마적의 목을 그대로 잘라 버렸다.

뼈라는 단단한 물체를 그냥 두부처럼 갈라 버리는 걸 보니 진짜 예리함이 장난 아니었다.

빠각!

그런 이화매에게 달려들던 마적 하나가 양희은의 발길질에 턱이 그대로 돌아갔다.

늙었다고 무시해선 안 된다. 명 중앙군 소속으로 이미 그 스스로의 무(武)는 예전에 완성되어 있었다. 경험은? 말할 것도 없었다.

세계 곳곳을 이화매와 함께 누비며 안 싸워본 인종이 없는 양희은이다. 이딴 마적들은 양희은에겐 몸 풀기도 못 된다.

그 예로 그는 허리에 찬 검을 아예 뽑지도 않았다.

빡!

스스로는 천지를 양단한 기세로 내려쳤지만, 이화매는 그걸 몸만 비틀어 피한 뒤 내려치기 동작에 끌려 내려오는 턱을 가볍게 손바닥으로 올려쳤다.

"컥……."

그것만으로도 충분했다.

온몸을 무방비 상태로 만들기에는 말이다.

주춤거리면서 물러나는 마적의 가슴에 나비처럼 날아드는 검.

스가악!

늘어지듯 절삭 음이 들렸고, 마적은 다시 뒤로 물러났다. 그러다 뭔 일이 일어났는지 제 가슴을 보고 깨닫고는 열리려는 가슴을 강제로 마구 붙잡았다.

하지만 그런다고 제대로 쩍 갈려 열릴 가슴이 막아질 턱이 없었다.

이미 사고 회로도 멈췄다.

"어어, 안 되는데……. 이거 열리면 아, 안……."

그렇게 중얼거리며 본능적으로 열리려는 가슴을 부여잡지만, 말했듯이 그게 될 턱이 없었다. 이화매의 검이 아주 깔끔하게 장기만 아슬아슬하게 피해 근육과 지방층을 갈라 버렸다.

"픽."

이화매는 그걸 보며 그냥 웃었다.

지나치다 못해 지독한 손속이다. 하지만 누구도 이화매의 그런 점에 불만을 가지지 않았다.

전투, 혹은 전쟁.

적을 죽이지 않으면 내가 죽거나, 무슨 짓을 당할지 모른다.

풀썩!

결국 가슴이 쩍 벌어지며 피가 와르르 쏟아졌다.

"자비는 베풀어줄게."

이화매는 그리 말하며 팔을 부르르 떠는 놈의 대가리를 발로 짓밟았다.

퍽!

바닥을 뚫고 들어갈 정도로 소름 끼치는 각력. 이게 이화매가 해줄 수 있는 유일한 배품이고 자비였다. 단 한 방에 저승으로 떠났을 테니까.

"아! 유키! 좀 남겨놔!"

이후 버럭 소리를 지르자 물처럼, 흩날리는 눈처럼 머리카락을 나부끼며 마적 떼를 섬멸하던 유키가 뒤를 슬쩍 돌아봤다.

"네."

그러고는 다시 고개를 돌리더니 남겨놓기는커녕 오히려 더욱 빠르게 학살을 계속했다.

겨우 마적 오십? 이들에게는 아주 소소한 유희거리에 지나지 않았다.

고즈넉한 황혼이 보이는 자금성 가장 높은 곳에 두 사내와 여인 둘이 있다.

"그래, 그걸 막았단 말이지?"

"큭큭! 그렇다니까. 거의 십 보 거리밖에 안 됐는데 그걸 쳐냈어. 쳐냈다고! 믿겨져? 이게 믿겨지냐고! 하하!"

"역시… 그때 내 공격을 피한 것도 우연은 아니었어."

"당신 공격을 피했다고? 소리도 그림자도 없는 최악의 암살자 무영(無影)의 공격을? 에이, 봐준 거지?"

"아니, 두 번이나 피했어. 작정했는데."

"이야! 큭큭!"

쪼르르.

기괴하게 일그러뜨린 얼굴로 웃는 모리휘원에게 곁에서 바들바들 떨고 있던 여인이 술잔을 채웠다.

건너편에 앉아 있는 적무영의 잔에도 서희가 술을 채웠다. 두 여인은 극한의 공포 속에서 정신이 무너지기 일보 직전이었다.

피로 물든 실내다.

사내로 보이는 이들 열다섯 정도, 시비로 보이는 여인 스물 정도가 모조리 사지가 분질러지고 잘린 채 널브러져 있었다.

이들이 이렇게 죽인 이유는 없었다. 진짜 말 그대로 이유가 없었다.

그녀들이 보기에는 정말 아무런 이유도 없이 올라왔다가 죽었다. 피비린내가 후각을 마비시킬 정도로 강렬했다.

그래서 두 사람은 아예 미칠 지경이었다. 언제 저 틈에 자신들의 팔다리가 날아가 섞일지, 목이 날아가 섞일지 알 수 없기 때문이다.

이기적이지만 지금 당장은 그게 너무나 무서웠다.

하지만 모리휘원도, 적무영도 그런 두 여인의 행동에 아랑곳하지 않았다. 아예 신경도 쓰지 않고 있었다.

"여기까지 온 보람이 있어. 나를 불러준 당신에게 이번만큼은 매우 감사하게 생각하고 있어. 큭큭!"

모리휘원이 피처럼 붉은 술을 입안 가득 털어 넣었다.

"하나 묻자. 너라면 피할 수 있겠어?"

"나? 십 보 거리라……. 음, 애매하네. 일단 준비를 하고 있으면 피할 수는 있지. 그렇게 어려운 건 아니야."

적무영의 말에 모리휘원은 대수롭지 않게 대답했다. 실제로 그는 그럴 능력이 있었다.

특별하다 해도 좋을 흑각의 반열에 오른 모리휘원이다. 웬만한 기습은 그냥 피할 수 있었다. 실제로 인간이 생각할 수 있는 모든 종류의 기습, 암습이 제조 과정에 포함되어 있다. 그러니 못 피할 게 없었다.

"이거 곤란한데. 알겠지만 내가 너에게 실험을 부탁한 건 그렇게 막혀서는 안 되는 물건이거든."

"알아. 장(將)의 목숨을 노리고 만들어졌다는 건. 하지만 그놈이 이상한 거야. 실제 보면 내력도 없는 하수야. 몸은 잘 쓰지만 그래봐야 적각 수준에 불과해. 뿔 두 개만 있어도 아마 상대할 수 있을걸. 현실적으로 피할 수 있는 수준이 아닌데 피한 것뿐이야. 아니면 운이 좋았던가."

모리휘원의 대답에 적무영의 입가에 미소가 그려졌다.

점차 짙어지는 미소.

"운이라고 생각해?"

피식.

이번엔 모리휘원이 웃었다.

그는 그때를 상기해 봤다.

완벽했다.

그러니 당연히 놈은 가슴에 언월대도의 칼날을 박은 채 즉사해야 했다. 그게 그놈 수준에서는 당연한 일이었는데 그렇게 되지 않았다. 모리휘원은 아주 똑똑히 봤다. 발출하는 순간, 놈이 도를 잡아가며 준비한 것을.

'그건 분명 알고 준비한 거야. 하지만 어떻게? 정보가 새어나가서?'

그럴 리가…….

절대 그럴 리가 없었다.

그렇다면 남은 건 그놈이 느꼈다는 것밖에 없었다. 짐승이 위기를 느끼는 감각처럼 놈도 그런 걸 가지고 있는 게 분명했다.

"재미있는 놈이야."

히죽 웃는 모리휘원의 얼굴에는 아이처럼 깨끗한 미소가 걸려 있었다. 일그러진 동심의 소유자. 모리휘원에게는 놈의 그때 보인 반응이 재미있었다는 그 하나만으로도 먼 이곳으로 온 것에 대해 만족을 느꼈다.

모리휘원은 한 손을 뻗어 여인의 어깨를 감싸 가슴으로 당겼다. 바르르 떠는 그 진동에 저도 모르게 살심이 솟구쳤지만 용케 참아내고는 다시 잔을 들었다. 술이 제법 들어가니 욕정이 일었다.

하지만 모리휘원은 그마저도 참았다.

예쁘다는 사내놈, 시비를 전부 불러달라고 했지만 다들 별로였다. 그래서 손수 팔다리를 비틀고 잘라냈다. 이 여인도 겨우 참았다. 한동안 또 찾기 힘들 테니 지금 이 아이만큼은 잘 다뤄야 했다.

"그런데 내가 죽여도 되나? 당신의 표적 같은데."

"표적이라……. 그럴 만한 위치에는 아직 못 올라왔지."

"그래? 흠, 그럼 당신 제물이 되기 전에 얼른 죽여야겠네. 킥 킥!"

"마음대로."

모리휘원은 알고 있다.

적무영이 얼마나 무서운 인간인지. 흑각의 반열에 오른 후 그는 단 한 번의 공포도 느껴본 적이 없었다. 내력 덕분이다. 안하무인으로 살아도 그 누구도 뭐라 할 수 없었다.

왜?

주군만 아니라면 바로 목을 날려 버리면 되기 때문이다. 그런 모리휘원은 적무영을 만나고 대차게 깨졌다. 눈앞의 이자는 급이 달랐다. 감각이 극도로 예민한 자신의 뒤에 귀신처럼 나타나더니 목줄을 움켜쥔 게 한두 번이 아니다.

굴복.

모리휘원은 적무영에게 수차례 죽을 뻔했고, 결국 마음부터 굴복했다. 아이니까 복종도 빨랐다. 말만 들으면, 그의 심기를 어지럽히지만 않으면 죽을 일은 없기 때문이다. 그놈, 마도라는 놈은 딱 보니 적무영의 먹이다.

말을 듣는 순간 알 수 있던 게 뭐냐면 적무영이 놈을 키울 생각을 하고 있다는 부분이다.

놈의 성장을 위해 자신을 이용하는 것이다.

하지만 그런 거야 상관없었다.

'내가 죽이면 되니까.'

모리휘원은 잊지 않았다.

조선에서 자신에게 물 먹인 마도 그놈을. 그때만 생각하면 자다가도 벌떡 일어날 정도로 치욕적이었다. 몇날 며칠을 금욕에 금주를 했을 만큼 정신이 나가 있었다. 단 한 놈에게 당해도 아주 제대로 당했고, 그게 모리휘원의 자존심을 완전히 가루로 만들어 버렸다. 그러던 차에 이런 기회가 왔다.

놓칠 생각 따위는 절대로 없었다. 그때도 내력이 진탕되지만 않았어도 놈의 목숨을 끊었을 것이다. 아니, 바로 옆에 검을 든 년만 없었어도 죽였을 것이다. 자신의 수준에 비해 결코 떨어져 보이지 않던 그 무인은 생각해 보니 조선에서도 문제였다.

'너도 꼭 내가 찢어줄게.'

아, 욕정이 올라오고, 모리휘원은 결국 참을 수가 없었다. 품에 안고 있던 여인의 머리채를 잡아 그대로 가랑이 사이로 찍어 눌렀다. '악!' 소리를 내며 끌려오는데, 그 소리를 내는 혀를 뽑아버리고 싶었다.

하지만 여인의 온몸으로 느껴지는 두려움에 찬 떨림이 좋았다. 그게 정신을 나른하게 만져줬기에 망정이지, 그게 아니었으면 진즉에 혀를 뽑아버렸을지도 모른다.

적무영은 그런 모리휘원을 그냥 잠자코 바라봤다.

그에게 모리휘원은 별 의미가 없었다. 굳이 의미를 만들어보자면…

미친놈.

하지만 자신보단 덜 미친놈.

딱 그 정도였다.

무력은 쓸 만하긴 하나 언제고 목줄을 잡아 비틀 수 있는 그런 놈이다. 흑각? 그 정도 수준은 가벼울 뿐이다. 그런 적무영에게 조휘가 특별한 이유는 대가리를 까준 것도 있지만, 고작 그 정도 수준으로 자신의 공격을 두 번이나 피했다는 부분에 있었다. 그게 흥미를 자극했다. 아니, 자극 정도가 아니라 호기심을 제대로 건드렸다.

놈이 크면 얼마나 더 재미있어질까?

이런 생각에서 출발한 호기심이었다. 가만히 놔두면 알아서 크겠지? 이런 생각은 하지 않았다. 그리고 그렇게 해서는 늦다. 자신은 빨리 맛있는 요리를 맛보고 싶었으니까. 특히나 놈의 혓바닥과 심장은 꼭 맛볼 생각이다.

그래서 모리휘원을 불렀다.

놈과 연결점이 있으니 부를 명분도 있고 설득도 쉬웠다. 만약 모리휘원에게 놈이 죽는다면? 그건 재미없는 놈이다. 괜히 힘쓸 필요도 없는 그런 놈이다. 이런 적절한 두 가지 이유 때문에 모리휘원이 있는 것이다.

놈이 모리휘원에게 죽으면 모리휘원을 죽이면 되고, 모리휘원이 놈에게 죽으면 놈을 죽이면 된다.

그런 간단한 관계이다.

적무영은 사타구니에서 올라오는 쾌감에 부르르 떠는 모리 휘원을 바라봤다. 기구한 어린 시절을 보낸 놈이다.

어릴 적 납치당해 제조 시설로 보내져 지옥을 겪고 올라온 불쌍한 놈. 하지만 동정심은 일어나지 않았다.

그런 뜨뜻미지근한 감정을 느끼기에는 적무영 본인도 완전 미친놈이었기 때문이다.

"다음 작전도 알아서 설계해 봐."

"흐, 그래도 될까?"

"그럼. 필요한 거 있으면 알아서 얘기해서 가져다 쓰고."

"킥킥! 알았어. 좋은 소식을 보내주지. 아니, 안타까운 소식이 되려나? 으흑!"

"그래주면 좋고. 그럼 좋은 시간 보내고."

적무영은 자리에서 일어났다.

그런 그의 옆으로 서희가 급히 일어서 섰다. 하지만 장시간 불편한 자세로 앉아 있던 탓인지 휘청거리며 자신의 어깨에 얼굴을 푹 파묻었다.

"아……."

그리고 사색이 된 채 부르르 떨기 시작했다.

기분 여하에 따라 사람의 목숨을 짓밟는 게 적무영이다. 그건 옆에서 아주 넘치도록 봤다. 오늘만 해도 열댓이 넘을 것이다. 상에 올라온 고깃국이 질기다는 이유로 요리사를 불러 혀를 뽑는 건 아주 사소한 정도이다.

열거하자면 한도 끝도 없이 잔혹한 얘기가 나올 것이다. 그걸 알기에 서희는 언제나 떨었다. 언제나 하얗게 정신이 빠져나가는 짓을 저지르는 자신의 몸뚱이가 아주 저주스러웠다.

피식.

그런 서희를 본 적무영은 한 차례 웃어줬다. 편안한 미소? 그걸 보는 서희는 심장이 멎는 기분이 들었다.

화사한 미소가 그녀에게는 악귀의 미소로밖에 보이지 않았으니까.

"가자."

"네, 네……."

떨리는 목소리로 그 말에 겨우 대답하고 적무영을 따라 몸을 움직이는데 친구인 은비가 사타구니에서 고개를 들어 빤히 자신을 바라보는 게 느껴졌다. 그 눈빛에는 정말 말로 형언할 수 없는 감정이 듬뿍 담겨 있었다.

그래서 한차례 벼락에 맞은 것처럼 몸을 떨었지만, 끝끝내 서희는 그 시선을 외면했다. 외면할 수밖에 없었다. 친구 은비에게 지금 이 순간 서희가 해줄 수 있는 일은 아무것도 없었다.

전각의 문이 마치 지옥문처럼 닫히고, 안에서는 점점 그 모리휘원이라는 사내의 신음 소리가 크게 흘러나왔지만 점차 멀어졌다.

꺄아아아악!

그러다가 갑자기 귀를 찢는 처절한 비명이 흘러나왔다. 서희는 걷다 말고 흠칫했다. 어깨가 마구 떨리면서 좀 전 은비의 간절한 눈빛이 떠올랐다. 그러나 다시 도리도리 저었다. 해줄 수 있는 게 아무것도 없으니까. 그렇게 그날 하루도 저물었다.

그리고 다음 날부터 서희는 친구 은비를 볼 수 없었다.

이곳은 북경 자금성. 하지만 세인들은 자금성을 하루에도 수십 명씩 죽어나가는 지옥성(地獄城)이라 불렀다.

제68장
마도의 복귀전

은여령이 빈주에 도착한 건 청주 작전을 끝내고 오 일이 지난 저녁 무렵이었다.

　늦은 저녁, 북문을 통과해 빈주로 들어선 은여령은 가장 먼저 객잔으로 향했다. 객잔으로 들어선 은여령은 이화와 단둘이다.

　삼 인 일 조로 짝을 이룬 공작대는 현재 각자 위장한 채 빈주 곳곳에 흩어진 상태였다.

　"어서 오십시오!"

　큰 소리로 인사하는 점소이에게 가볍게 식사를 부탁한 은여령은 적당한 곳에 자리를 잡고 앉았다.

　"휴, 덥네요, 더워."

　"그러게."

이제는 아슬아슬하게 남아 있던 추위마저 물러가고 낮엔 푹푹 찌는 더위를 느낄 지경이다.

그런 관도를 이동해 왔으니 온몸이 땀에 찌든 상태이다. 당장 씻고 싶은 마음이 들었지만 허기부터 채우는 게 먼저였다.

할당 받은 식량도 낮에 전부 다 먹었다. 그런 상태에서 하루 종일 걸었다.

체력이 상당히 떨어진 상태였고, 뭐든 먹어서 보충할 필요가 있었다.

점소이가 잰걸음으로 모락모락 김이 나는 음식을 쟁반에 담아 가지고 왔다.

음식은 전부 두 종류였다.

조휘가 즐겨 먹던 소면과 돼지고기와 소채를 넣어 볶은 음식, 이렇게 딱 두 가지였다. 제법 양이 많았지만 두 사람이 나온 음식을 다 먹는 데는 일각이 채 안 걸렸다.

올라가서 씻고 다시 밑으로 내려오니 오현이 와서 차를 마시고 있다.

"아, 부대주. 차 한 잔 하겠나?"

"좋죠."

오현이 따라주는 뜨뜻한 차를 한 모금 마시자 피로가 싸악 물러가는 신비한 느낌이 들었다.

잠시 다도를 즐기고 있는 사이 이화가 내려오자 그녀에게도 차를 한 잔 따라준 후 조현승이 오자 오현이 본격적으로 말문을 열었다.

"언제 개시할 생각인가?"

"확실한 설계 도면을 받기 전까지는 움직이지 않을 생각이에요. 조 군사님, 지부 사람들은 만나봤나요?"

"네, 낮에 들어와 만나는 봤습니다만, 현재 그곳 설계도는 구하기 힘들 거라는 말을 들었습니다."

"아, 그래요."

그곳, 이곳 빈주에 있는 무기 공방을 지칭하는 말이다. 설계도는 당연히 그 건물의 전체 설계도다.

들어오면서 슬쩍 보긴 했다.

거대한 넓이를 자랑하는 장원 한 채가 있었는데, 그 장원 지하가 무기 공방이라고 했다. 문제는 그 지하의 넓이가 상당했고, 지상에는 거부가 살고 있는데 가내 경비가 상당히 삼엄하다고 했다.

관군이 아닌 용병처럼 고용한 이들인데 수가 거의 이백에 달한다고 했다. 그 인원이 삼 교대로 돌아가며 장원을 호위했다.

근데 그 숫자가 전부가 아니었다. 비밀리에 지원받은 금의위가 있다고 했다.

그 수가 약 오십이고, 마찬가지로 세 개 조로 나뉘어 경계조를 이끈다고 하니 만만치 않은 전력임이 분명했다.

그런 상황이니 설계도면은 필수였다.

그래서 은여령은 고민이었다.

갚아주기 위해 온 걸음인데 잘못하면 피해가 있을 수 있었다.

"포기할 생각입니까?"

조현승의 질문.

은여령은 쉽게 대답하지 못했다.

복수를 하기 위해 달려왔지만 자신의 선택이 엇나갈 경우 공작대만 피해를 본다.

그건 절대로 일어나선 안 되는 일이다. 조휘가 일어났을 때 이 인원 그대로 다시 지휘권을 조휘에게 넘겨야 하기 때문이다.

두 가지의 마음이 부딪치니 결정이 쉽지 않았다. 조현승도 은여령에게 **빠른** 대답을 강요하지는 않았다.

그는 스스로 결정했다. 군사로 있기로. 군사는 조언자일 뿐 결정자가 아니었다.

군사가 어떤 행동을 강요하기 시작하는 순간 그 부대는 지휘관이 둘이 된다. 그렇게 되면 지휘 계통의 혼선은 필연적으로 따라오고, 작전 수행 능력은 수직으로 낙하할 게 **뻔했**다. 조현승은 그걸 알기에 조언만 할 뿐 결정을 강요하진 않았다.

"이럴 때 진 대주라면 어떤 결정을 내렸을까요?"

은여령은 고민이 깊었는지 저도 모르게 그런 질문을 하고 말았다.

물론 누군가를 꼭 찍어 한 질문은 아니었다.

답답해서 한 질문이다. 이제야 절실히 느끼기 시작하는 은여령이다. 자신의 선택으로 나올 미지의 결과에 대한 두려움이 말이다.

"……."

조현승은 대답하지 않았다.

앞서 말했듯 조현승은 스스로를 군사, 조언자에서 벗어나지 않기로 결정했다.

지금 순간 조언을 해줄 수는 있겠지만, 하는 순간 결정에 대한 영향력을 미칠 것이다. 그래서 하지 않기로 했다. 신중을 기한 것이다.

오현도 마찬가지로 침묵했다.

이건 부대주가 직접 결정해야 한다는 생각이 앞섰기 때문이다. 대답은 의외의 인물에게서 날아들었다.

"했을걸요?"

"음?"

"알잖아요, 마도 그 남자 성격. 당했으면 이를 갈고 갚아주는 게 마도의 방식이에요. 그가 전역 후 되갚아준 복수만 봐도 지금 이 상황에 어떤 결정을 했을지 딱 보이잖아요?"

"아아……."

이화의 말에 은여령은 저도 모르게 고개를 끄덕였다.

맞다. 그런 남자다, 마도라는 사내는.

당했으면 반드시 되갚아주는 게 마도의 방식이다. 절대로 당하고만 있지 않은 게 마도이고, 가능하면 당하기 전에 털어버리는 게 또한 마도의 방식이기도 했다.

그렇다면 마도가 이 자리에 있다고 가정했을 때 그가 내릴 답은 거의 나와 있었다.

신무기에 당했다.

죽다 살아났다.

신무기 제작 장소를 알아냈다.

과연 그냥 넘어갈까?

'아니겠지.'

은여령은 저도 모르게 스스로에게 질문해 보고 답을 내렸다.

"작전을 결행하도록 해요. 기한은 일주일 뒤로 잡고, 그 안에 최대한 그곳에 대한 정보를 모아주세요. 특히 야간 경계조들 이동 동선과 내부 지형지물에 대한 정보는 반드시 있어야 해요."

"알겠네."

오현이 고개를 끄덕이며 대답하고는 만족스런 미소를 지었다. 오현도 말은 안 했지만 작전을 결행하는 쪽으로 많이 기울었다. 지금 오홍련 전체가 나서서 파악한 모든 곳을 타격 중이다.

아마 예상컨대 그쪽은 지금 피해를 불사하고 덤벼들고 있을 것이다. 이화매는 분명 그 무기를 반드시 박살 내야 할 무기로 생각한 게 분명했다.

그러니 이곳도 마찬가지다. 저 장원 지하에서 만들어지는 말도 안 되는 무기가 나중에 누구의 목숨을 끊어놓을지 모른다. 자신이 될 수도 있고 공작대원이 될 수도 있으며 조현승이나 어쩌면 이화매가 될 수도 있었다. 오현도 그런 무기는 반드시 없어져야 한다고 생각했다.

물론 이미 제조법은 공유되고 있을 테니 지금 당장 없어지지는 않을 것이다. 하지만 대량 보유는 못 하게 하는 것만으로도 의미가 있었다.

"그럼 저는 들어오는 정보들을 종합해 작전을 짜도록 하겠습니다."

"네, 부탁드려요. 혹여 힘들 것 같으면 꼭 말해주세요. 노력해도 안 되면 피하는 게 상책이죠. 진 대주도 그런 상황에서는 무리하지 않았을 테니까요."

"네, 알겠습니다. 그럼 먼저 일어나겠습니다."

"쉬세요."

조현승이 사라지고 오현도 일어났다.

두 사람이 사라지자 이화가 늘어지게 하품을 하고 위로 올라갔다. 은여령은 올라가지 않았다.

꾸벅꾸벅 조는 점소이를 불러 독한 화주와 간단한 소채볶음 하나를 시켰다.

삼삼오오 모여 있던 이들도 이제는 다들 집으로 갔는지 객잔은 텅 비어갔다.

은여령은 이 층으로 올라갔다. 이층도 탁자가 있어 술을 마시기 나름 운치가 있었다. 난간에 자리 잡고 앉은 은여령은 머리카락을 묶고 있던 끈을 풀었다.

때마침 바람이 불어 아직 젖어 있는 머리카락에 시원함을 선사했다. 그 시원함이 복잡하던 가슴을 살며시 정화시켜 줬는지 저도 모르게 입가에 미소가 그려졌다.

그러다 깜짝 놀라는 은여령이다.

얼마만인가, 이렇게 미소를 저도 모르게 그려본 게.

조휘의 옆에 있게 되던 날부터 지금까지 말수는 물론 스스로의 감정을 내리누르며 살아왔다. 그게 거의 이 년 가깝게 된다. 왜 그랬는지는 사실 아직도 잘 모르겠지만.

점소이가 비척거리는 발걸음으로 계단을 올라와 음식과 독한 화주 한 병을 잔과 함께 놓고 갔다.

뜨뜻하게 달군 화주를 잔에 따라 한잔 쭉 들이켜는 은여령. 찌르르한 감각이 식도부터 시작해 바람으로 차갑게 식기 시작하던 가슴을 다시 달구기 시작했다. 만족감에 다시 슬그머니 미소가 올라왔다.

이게 좋다.

이게 은여령이 화주를 마시는 이유였다. 광주에서 왜구들과 싸우기 시작하면서 동료들이 하나씩 죽어나갔다. 정확히 두 번째 동료가 죽었을 때 은여령은 처음으로 화주를 입에 댔다.

그때의 감각을 아직도 잊지 못한다.

병째 그냥 마시다가 불길을 느끼고는 싹 토해냈다. 하지만 극소수 흡수된 주정(酒精)으로 인해 세상이 빙글빙글 돌았다.

그게 신세계였다.

모든 세상 근심, 슬픔이 사라졌던 신세계. 몽롱한 정신 상태에서는 뭔 생각을 해도 기분 좋았다.

그 이후로 끊지 못했다.

독한 화주.

이건 은여령에게 마약이었다.

한번 손대고 나서부터는 절대 끊을 수 없는.

           *   *   *

아침 해가 정오에 걸렸을 때, 은여령은 객잔을 나섰다. 스스로도 정보를 얻어볼 생각이다.

햇살은 따스하다 못해 따가웠다. 이제 초록이 만연해질 시기밖에 안 됐는데도 거리는 더웠다.

빈주는 작지 않은 현이다. 거리마다 인산인해를 이룬 사람들 하며 상단과 표물을 운반하는 표국의 사람들도 많이 보였다.

창칼을 찬 무인도 꽤나 보였다.

제남에서 쭉 뻗은 북 방향 관도 중 덕주와 빈주다. 이쪽으로 오면 천진을 통해 북경으로 들어가게 된다. 그래서일까?

사람이 엄청 많았다.

그래서 거리로 나오자마자 답답한 마음이 든 은여령이다.

이런 곳에서 작전을 펼쳐야 한다.

말이 작전이지 장원 전체를 아예 아작 내는 전쟁이나 다름없었다. 특히 지금 가고 있는 만덕장(萬德莊)은 아예 빈주의 중앙에 턱하니 들어서 있었다.

"쉽지 않겠다, 언니."

"그러게."

옆에서 쫄래쫄래 따라오는 이화의 말에 은여령은 살짝 굳은 얼굴로 수긍했다.

이른 아침 받은 정보가 하나 있다. 바로 만덕장에 대한 평판이다.

만 씨 성의 거부가 사는 곳으로 장원의 이름처럼 선행을 꽤나 자주 많이 하는 곳이었다. 즉 아주 제대로 둔갑한 놈이란 소리다. 이놈이 어떻게 돈을 모아서 푸는지 만약 백성들이 안다면 얻은 모든 것을 토해내고 싶을 것이다.

그만큼 구역질 날 짓을 많이 한 놈이다.

"인신매매와 아편으로 돈을 번 놈이 선행이라……."

"선인의 탈을 쓴 악귀예요. 가능하면 제 목도로 개 패듯이 패서 죽여 버리고 싶어요."

은여령의 말에 히죽 웃으며 그리 말하는 이화이다. 초승달처럼 휜 눈매로 이화답지 않게 미약한 살기가 흘렀다. 툭 하고 손날로 목을 치자 사르르 빠져나가는 살기다. 사람이 많은데 이렇게 살기를 흘리다니 초보도 안 할 실수다.

하지만 은여령은 이화의 마음을 이해했다. 솔직히 자신도 비슷한 마음이기 때문이다.

만덕장주 만선근(萬善根)은 이름과는 다른 삶을 사는 새끼였다. 오홍련도 최근에서야 잡은 악질 중의 악질이었다.

이놈은 교묘하게 오홍련에도 한 발 걸치고 있었다. 물론 한 발만 걸치고 다른 신체 전체는 황실에 걸친 놈이다.

그렇게 해서 모은 자금은 대부분 황실로 올라갔다. 나머지는 선행에 쓰이고 그 밖에 자투리 자금으로 초호화 생활을 하는 놈이었다.

그 자투리 자금으로 저런 장원을 사고 무인을 고용할 수 있는 건 그가 인신매매와 아편으로 버는 돈이 정말 상상을 초월하기 때문이었다.

걷다 보니 어느새 만덕장이 보였다.

직사각형 형태로 담을 친, 안에 건물만 수십 채나 되는 초거대 장원. 사정을 알았으니 이젠 며칠 내로 반드시 주저앉혀야 하는 악의 소굴이다.

*   *   *

빈주에 들어선 날은 빼고 오 일째 되던 날 어느 정도 정보가 모였다.

그래서 은여령은 또 고민에 빠졌다. 그녀뿐만이 아니었다. 오현과 조현승, 조장들도 전부 같은 고민에 빠졌다. 처음 받은 정보와 상당히 오차가 있었다.

실제 만덕장에 고용된 무인의 수가 훨씬 많은 것이다. 악도건이 몇날 며칠을 힘들게 잠입해 알아낸 정보이다.

"백 명이나 더 있다니. 이건… 후우."

"삼백이라……. 일개 장원주가 무인을 삼백이나 고용했단 소리는 말도 안 되는데……."

"악한 짓으로 쌓아놓은 부가 상상을 초월하나 봅니다. 아니면 따로 지원을 받고 있는 곳이 있든가. 그래도 다행이라면 급은 높지 않아 보인다는 겁니다. 만약 정예병 수준이라면 작전은 무조건 취소해야 했을 겁니다."

은여령의 말에 오현과 조현승이 각각 말을 받았다. 세 사람이 지금 공통적으로 부담스러운 부분이 바로 삼백의 장원 내 경비병이었다.

무려 삼백이다, 삼백.

조선에서는 더 많은 병력도 상대해 봤다. 전투가 아닌 진짜 전쟁을 겪어봤다. 그러니 삼백이라는 숫자는 솔직히 그리 많은 건 아니었다.

그러나 지금의 상황이 문제였다. 은여령은 어떻게든 공작대원의 피해를 줄이고 싶었다. 조휘에게 온전히 피해 없이 다시 지휘권을 넘겨주고 싶은 마음 때문이다.

하지만 또 다른 생각이 들었다.

조휘를 그렇게 만든 무기 제작소가 장내 지하에 있다. 게다가 만덕장의 악행도 알아버렸다. 이걸 그냥 넘어가자니 아직도 굳건히 서 있는 백검의 기치가 더럽혀진다. 악을 봤는데 그 악이 크다고 피한다?

백검문도로서는 감히 상상도 못 할 일이다.

조휘와 함께하면서 성향이 매우 변한 은여령이다. 살인에 대한 거부감이야 광주에서부터 벗어던졌고, 악인에 대한 응징은 그녀도 머뭇거리지 않는다.

'후우, 여기서 다짐한 지 얼마나 됐다고……'

마음이 자꾸 비바람에 맞서는 갈대처럼 흔들리고 있었다. 하지만 은여령은 그걸 금방 다잡았다. 이번 작전은 실행되어야 한다. 고민은 고민이고 결과는 변해서는 안 된다고 굳게 마음을 먹었다.

"하죠."

그리고 그건 오현도, 조현승도 마찬가지였다.

"찬성이네."

"저도 찬성입니다."

세 사람이 의견 일치를 봤다. 실질적으로 공작대의 작전을 이끄는 중결과 악도건도 고개를 끄덕여 찬성표를 던졌다. 이로써 다섯 전부 찬성이다. 그렇다면 이제부터 생각해야 할 건 설계였다.

조현승이 먼저 말문을 열었다.

"중 조장, 악 조장, 새로이 합류한 이들의 수준은 어때 보였나?"

"비슷합니다. 공작대 혼자서 서넛은 감당할 수 있습니다."

"물론 그건 일 대 다수의 상황이고 실제 전투가 벌어지면 포위, 원거리 지원 사격 등도 생각해야 되니 좀 다를 겁니다. 하지만 그래도 공작대가 감당할 수는 있습니다."

총 삼백이다.

거기에 금의위가 있는데도 둘은 감당이 가능하다고 한다. 그건 오만도 자만도 아니었다. 자신감이었다.

지독한 훈련과 처절한 수라장을 거쳐 오며 극한의 수준을 지녔다.

그 어떤 지형, 기후에서도 제 실력을 발휘할 수 있고, 그 어떤 상황에서도 작전을 완수하고 탈출할 수 있는 능력을 갖췄다.

물론 그 모든 건 공작대의 대주 마도 진조휘가 있을 때 겸

은 것이지만 지금도 가능했다. 다섯은 그렇게 믿었다. 거기서
나온 자신감이다.

"그럼 생각해 둔 게 하나 있습니다."

"말해보세요."

"일단 말하기 전에 부대주에게도 물어봐야겠습니다. 단신으
로 만덕장을 쳐들어갈 수 있겠습니까?"

"단신… 으로요?"

"네. 가부의 답이 필요합니다."

"음……."

은여령은 냉정하게 생각해 봤다.

작전 설계 때문에 한 질문일 테니 중요한 질문이다.

'혼자라…….'

사실 혼자가 편하다.

지켜야 할 게 있는 것보다 그녀 혼자 움직이는 게 사실 본
신 무력을 십분 활용할 수 있었다. 그녀가 조선에서 보인 진실
된 무력도 끝을 보인 게 아니었다.

예전에 이화매가 그랬다. 은성검의 무력은 가히 일인군단에
가깝다고.

급이 같은 적이 있다면 그 정도 효과는 못 보겠지만 만약
양 떼 사이로 은성검을 풀어놓으면?

그녀가 독하게 먹으면 대학살이 펼쳐질 것이다.

총? 연노? 활?

은성검을 아예 포위하지 못하는 이상 맞추긴 힘들 것이다.
만약 은성검이 만덕장의 정문을 쪼개고 들어간다면 그때부터

만덕장은 재앙을 맞이하게 될 것이다.

은여령 스스로도 그 부분은 동의했다.

"가정이 필요해요. 원하는 게 섬멸인가요, 아니면 시간을 끄는 건가요?"

"둘 다입니다. 사정 따위 봐줄 필요 없습니다. 체력 관리 하면서 정해진 시기까지 최대한 베어 넘기면 됩니다."

"정해진 시기란?"

"반 시진 정도 될 겁니다. 공작대가 작업하는 데 그 정도 걸릴 테니까요."

"그 정도는 충분히 가능해요."

"미리 말했어야 하는데 부대주가 다쳐서는 안 됩니다. 절대 무사해야 한다는 조건이 붙습니다."

"걱정 마요. 전 그리……."

약하지 않거든요.

뒷말을 흘리는 은여령의 기세가 변했다. 사르르, 아니, 파르르 떨리기 시작하는 그녀의 의복.

하단전에 자리 잡은 내력이 그녀의 의지에 반응해 세상 밖으로 튀어나오고 있었다. 제일 먼저 의복이 부르르 떨렸고, 풀어 헤친 머리카락이 뒤이어 반응했다. 바람도 불지 않는 막힌 공간인데도 마치 귀신처럼 머리카락이 흔들리더니 떠오르기 시작했다. 하지만 이건 단순히 외형적인 변화였고 진짜는 따로 있었다.

기세, 기파, 혹은 기도라 부르는 무형의 기운.

"음……."

"윽……"

억눌린 두 개의 신음. 중걸과 악도건은 아예 숨도 못 쉬었다. 탁자를 중심으로 앉은 네 사람은 어깨에 천근의 압력이 떨어진 것처럼 벅찬 중압감을 느꼈다. 그러다 낮은 바람 소리와 함께 씻은 듯이 사라지는 압박감. 은여령이 대놓고 뿌린 기세를 거둬들인 것이다. 그녀의 무력시위는 아주 잠깐이었다. 하지만 네 사람은 숨이 턱 끝까지 차오른 기분이 들었다.

"최선을 다할게요."

나직이 나온 은여령의 말에 네 사람은 흠칫했다. 무려 이 정도이다. 대주 조휘의 기세도 이 정도는 아니었다. 이런 기세를 그들은 딱 한 사람에게서만 느껴봤다. 이화매. 오홍련의 총제독.

종류는 다르지만 분명 이 정도의 엄청난 제왕의 기도를 그녀에게서만 봤다. 전투 의지가 뚝 꺾이는 그런 기세. 조현승은 고개를 끄덕였다.

"후우, 알겠습니다. 그럼……"

이어서 나온 조현승의 상세한 설명. 네 사람은 말없이 고개만 끄덕였다. 두 시진 가까이 계속된 긴 회의가 오홍련 빈주지부에 나가 있던 이화가 돌아오면서 끝났다. 그리고 정확히 삼일 후 새벽녘, 만덕장의 정문 앞에 검을 뽑아 든 은성검이 서 있었다. 그리고 그녀의 옆으로 조용히 다가서는 이동식 대포.

조준이 끝나고 은성검이 손을 내리자,

콰앙!

새벽을 찢는 굉음이 울려 퍼졌다.

　　　　　*　　　　　*　　　　　*

　포탄에 맞은 만덕장의 정문이 갈가리 찢기고 터져 나갔다. 임무를 마쳤다는 듯이 포를 쏜 오홍련 빈주지부의 대원들이 포를 끌고 사라지고, 은여령은 검을 뽑아 든 채 천천히 만덕장의 정문으로 걸어갔다.

　매캐한 화연을 뚫고 가다 보니 연기가 폐부 가득 들어와 불쾌감과 요상한 만족감을 동시에 선사했다. 새벽에 터진 기습 포격에 만덕장 내부의 웅성거림이 커졌다. 입구에 도착하자 포격의 폭발에 휩쓸린 수문위사 둘의 사지가 여기저기 널브러져 있다. 잔인했다. 불에 그슬려 살 익은 냄새까지 나니 구토가 나올 정도로 혐오스럽기까지 했다. 아주 잠깐 이들에게 죄가 있나 하는 의문이 떠올랐지만 그건 떠오른 것보다 훨씬 빠르게 사라졌다. 그 어느 전쟁도 병사 개개인의 죄를 따져 가면서 치르지는 않는다.

　전쟁은 내 반대편 적에 소속되어 있는 것만으로도 죽을 이유가 차다 못해 넘친다.

　"뭐야!"

　"기상! 기사… 앙!"

　새벽녘의 포격에 넋이 나갈 만도 한데 빠르게 수습 중인 게 보인다. 경계를 서던 무인들이 정문의 마당으로 모여들었다.

　은여령은 이미 들어서기 전에 내부의 지형지물, 건물 위치까지 전부 숙지했지만 다시 한 번 사방을 둘러봤다. 단순한 확인 작업이다. 낮에 식량을 대는 상단의 인부로 들어갔던 악도건의 정보와 다른 게 없었다.

"저년은 또 뭐야?!"

새벽이라 그런지 목이 잠겼나? 칼칼한 목소리로 날아온 욕설에 은여령은 주저 없이 몸을 날렸다.

파박!

지면을 박차고 거리를 거의 접듯이 이동하는 은여령. '어, 어?' 하는 의문 섞인 탄성이 들려온다.

매우 짧은 유언이다.

서걱.

어둠을 가른 은여령의 검이 정확히 목을 반으로 갈랐다. 뼈바로 앞까지 갈랐으니 살긴 글렀다. 그리고 회전하며 자연스레주저앉고 이어지는 이격. 풍차처럼 지면을 쓸어버린 다리에 멍하니 있던 놈 하나가 공중에 붕 떴다.

'억!' 하며 놀란 신음 소리. 이것도 유언이 됐다. 그대로 다시 일어서며 하늘 높이 솟구치는 다리. 이어서 비틀리며 떨어졌다.

꽈작!

면상이 그대로 떨어졌고, 소름 끼치는 각력에 뭉개지는 소리가 들렸다.

푸극!

그리고 다시 상체를 슬쩍 비틀어 검을 쭉 찔러 넣었다. 심장을 뚫고 들어간 검이 비틀렸다가 다시 빠져나왔다. 벌써 셋.

"시발! 뭐 하는 미친년이야!"

"죽여!"

이제야 순간의 정적이 깨지고 은여령에게 달려들기 시작했다. 하지만 늦었다. 은성검이 일인군단이라 불리는 이유는 내력을 보유하고 있어서가 전부는 아니다. 그녀는 전투를 알았다.

타다다닷!

아주 빤하게 원형 포위망을 만들려고 했지만 거기에 들어가고픈 마음이 조금도 없는 은여령이다. 오히려 자신의 왼쪽으로 달리는 놈을 가공할 속도로 쇄도, 급습했다. 거의 포탄이 터지듯 날아오는 은여령의 모습에 표적이 된 무인의 눈이 동그랗게 떠졌다. 놀람. 터질 듯이 부풀었다. 경악. 표정이 참 적나라한 놈이다.

후웅!

은여령은 그 모든 걸 두 눈에 담고 어깨를 비틀어 오른손의 검을 도끼 내려치듯 후려쳤다.

서걱!

목부터 겨드랑이까지 그대로 양단시켜 버리고는 탄성을 이용해 몸을 붕 띄웠다. 이어 몸이 뜸과 동시에 허리를 비틀었다. 회전력이 가미되며 쭉 뻗어나가는 발끝에 바로 따라 달리던 놈의 턱이 걸렸다.

빠각!

장작 쪼개지는 소리가 천둥처럼 울렸다.

비명도 지르지 못하고 뒤로 날려가는 적을 보며 은여령은 다시 허리를 비틀었다.

슈악!

비틀어 내려간 그녀의 머리가 있던 곳으로 칼날이 지나갔다.

"이런, 미친!"

그걸 피한 은여령의 모습에 공격한 무인이 욕설을 내뱉었다. 공중이었다. 공중에서 두 번의 동작을 바닥에 떨어지기 전에 한다? 가능은 하다. 하지만 저렇게 그 순간에 하는 건 절대 불가능했다.

게다가 꾸물꾸물 느리게 피한 것도 아니고 급격한 각도로 신체를 비틀어 칼날을 피했다. 말도 안 되는 일이다.

하지만 그게 가능한 게 은여령이었다.

일인군단(一人軍團).

누누이 말했지만 이 단어가 은여령의 무력을 설명하는 가장 적절한 단어이다. 그리고 군단급 무력은 이제 서곡을 울렸을 뿐 이제부터 시작이었다.

강하다.

그건 알고 있었다.

하지만 상상 이상이 뭔지 은여령은 오늘 아주 제대로 보여주고 있었다. 은여령이 정문을 넘은 지 이제 겨우 일각. 일각이면 고작 식사 한 번 끝낼 시간이다. 그 시간 동안 땅바닥에 널브러진 시체의 수는 벌써 서른에 육박했다. 아무리 포위하려고 해도 귀신처럼 끝을 쫓으며 움직였다. 그 과정에서 거의 열이나 죽었다. 원거리 무기? 어림도 없었다. 연노의 화살을 왼손에 낀 철갑수투로 튕겨냈다. 팔뚝에 성인 여성만 한 원판이 달려 있었는데 이것도 무기였다. 끝이 날카롭게 벼려져 있어 절삭력이 있었다. 원거리 무기도 이렇게 막혔고, 연수합격? 둘이 달려들면 둘의 목이 날아갔다. '어?' 하는 순간 빛의 궤적이 번쩍하는데 이건 막고 자시고 할 것도 없었다.

눈에 보이지도 않는 걸 대체 무슨 수로 막나? 만덕장의 고용된 무인들을 이끄는 조장 하나가 결국 욕설을 내뱉었다.

"시발, 진짜 무인이냐……."

그는 알아차렸다.

여유롭게, 고고하게 양손을 늘어뜨린 채 서 있는 은여령이 현 강호에 극소수만 존재하는 진짜 무인이라는 걸. 제십조장 장문걸은 서른에 가까운 시체를 만들어내고도 가슴의 기복도 없는 저 여인이 무서웠다.

귀신처럼 흩날리는 머리카락은 정말 소름이 끼쳤다. 눈에 보이지도 않는 궤적을 그리는 검격, 게다가 지금의 소강상태에 이르기 전 저 평범해 보이는 검으로 마지막 시체의 칼까지 갈라 버렸다. 부순 것일 수도 있지만 불빛에 비친 단면은 소름 끼치도록 매끄러웠다. 그러니 자른 것이다.

근데 쇠로 쇠를 자른다?

중앙을 내려쳐 부수는 거야 가능할 수도 있다. 그 정도야 순간의 끊어 치기만 제대로 들어가면 자신도 할 수 있었다. 하지만 자르는 건 아니다. 그건 지금부터 죽을 때까지 노력해도 절대 이뤄낼 수 없는 일이다. 그만큼 부수는 것과 자르는 건 완전히 다른 급이란 소리다. 즉 내력이 없으면 절대로 불가능하단 뜻이기도 했다.

"뭐, 뭐냐? 왜 당신 같은 무인이 만덕장을 노리는 거지?"

장문걸은 일단 시간을 끌기로 했다. 여기 있는 몇 십의 무인으로는 절대 무리였다. 저 여인을 잡으려면 지금 자리에 없는 금의위가 나와야 하는데, 이들은 아쉽게도 거의 대다수가 오늘 낮에 길을 나섰다. 돌아오는 시간은 새벽녘이라 했으니 어쩌면 버티다 보면 돌아올 것이다. 그리고 지금 장원에 있는 금의위는 다섯이 전부였다. 어쨌든 누구든 오기 전까지 시간을 끄는 게 목적이다.

그래서 말을 걸었다.

동료 서른을 죽인 진짜 무인에게.

하지만 무인은 묵묵부답이다.

오히려 검을 들어 올렸다.

흠칫 등골을 타고 흐르는 짜릿한 감각에 서둘러 자세를 바로잡았지만, 어느새 무인은 눈앞에 있었다.

"어?"

서걱.

하늘을 가를 요량으로 내려친 건가?

세상이 번쩍하는 기분이 들었다.

"어어……."

그리고 지독한 무기력증이 온몸을 덮쳤다. 장문걸이 세상에서 느낀 마지막 감정은 편안함이었다.

＊　　　＊　　　＊

"악!"

"이 시발!"

은여령이 장문걸의 몸뚱이를 머리부터 쪼개고 나자, 사방에서 욕설과 함께 무기가 뻗어 나왔지만 이미 은여령은 뒤로 한참이나 빠진 상태였다. 이동, 공격, 후퇴가 너무나 빨랐다. 그녀가 뒤로 빠지고 나자 장문걸의 상체가 쩍 벌어졌고, 사방으로 온몸의 장기를 흘려내며 앞으로 엎어졌다.

"악!"

"으, 시발!"

비명이 여기저기에서 터졌고, 도망치는 이들도 생겼다. 은여령이 원하던 상황이다. 장문걸을 일부러 잔인하게 죽였다. 피에 젖은 살인귀로 보여야 하기 때문이다. 물론 그는 고통을 느낄 새도 없이 저승 문턱을 넘었다. 그게 은여령이 할 수 있는 최대한의 배려였다.

'이제 일각하고 반······.'

아직 시간은 많이 남아 있다.

조현승이 부탁한 건 최소 반 시진이다. 여기서 자신이 이목을 끄는 동안 공작대가 작업을 진행하기로 했다. 지금 이 순간에도 만덕장의 무인 복장을 한 공작대는 사방에서 장원을 불지르기 위한 준비를 하고 있을 것이다.

조현승은 여러 가지 방안을 준비했다.

그중 대표적인 게 두 가지다.

첫 번째, 지반을 무너뜨리는 것.

지하에 무기 제작소가 있을 테니 지반을 무너뜨려야 그 시설을 모조리 묻어버릴 수 있었다. 하지만 이 넓은 장원 내 어느 지점의 지하인지 거기까지는 파악하지 못했다. 그래서 첫 번째 안은 파기됐고, 다시 나온 두 번째 안은 동시다발 폭격이었다. 공작대가 진천뢰를 의심 가는 장소 전체에다가 박아두고 연쇄 폭발이 일어나도록 작업한다. 공작대의 실력은 최고이니 걸릴 걱정 따위는 애초에 하지도 않았다. 그렇게 진천뢰를 심어 지반은 물론 장원도 싹 불태워 버리는 것, 이게 두 번째인데 다섯 사람 전부 이걸 선택했다.

은여령이 앞에서 시간을 끌고 공작대가 진천뢰를 장원 내 사방에 심는다. 그리고 조현승의 신호에 맞춰 선인의 탈을 쓴 만덕장을 지워 버리는 것, 그게 목적이었다. 만덕장주의 목도 따면 좋지만 그놈은 분명 은여령이 포로 정문을 박살 냈을 때 튀었을 것이다. 밖으로? 아니, 지하로 튀었을 것이다.

그래서 아예 깔끔히 포기하기로 했다.

그러니 은여령이 지금부터 할 일은 시간을 끌면서 가능한 한 이 장소에서 도망치지 못하게 하는 것이다.

"후우우, 후우······."

깊게 숨을 마셨다가 내뱉는 은여령의 모습에 가까이에 있던 무인들이 흠칫 떨었다. 가슴의 기복에 공격 자세라고 본 것이다. 근데 제대로 봤다.

콰과꽉!

지면이 터져 나가는 소리가 들렸다. 실제로 그녀의 발이 지면을 박찼을 때 흙이 비산했으니까.

살고 싶었다면 차라리 그녀가 숨을 들이마셨을 때, 가슴의 기복이 눈에 띄었을 때 튀어야 했다.

서걱!

또 가공할 속도로 양 떼 사이로 파고든 은여령의 검이 목표로 한 적의 가슴을 쭉 그었다. 정말 간결한 동작, 극히 실전적인 검격이다. 화려함 따위는 아예 없었다. 최단 거리, 최고 속도로 적을 죽이면 된다.

여기에 더해,

깡!

뒤이어 날아올 공격을 막을 자세 전환도 순속으로 이루어지면 더욱 좋다. 말 위에서나 쓸 창을 왼손의 철갑수투로 막아낸 은여령은 팔목을 비틀어 창날에 원형 방패의 날을 태웠다. 그 상태에서 손바닥으로 창날을 지그시 누르고 통통 두 번, 그리고 전력으로 몸을 날렸다.

쉬익! 서걱!

원형의 날이 창을 든 무인의 손가락을 갈랐고, '악!' 하는 소리와 함께 놀라 창을 놓자 그대로 상체, 어깨까지 비틀어 검을 내려쳤다. 장작이라도 패듯 내려친 검격이다. 심장 어림부터 가르고 들어간 검이 갈비뼈 아래쪽에서 쏙 빠져나왔다.

"크으……."

앞섶을 매만지며 발버둥을 치지만 이미 갈라진 살이 다시 봉합되진 않는다. 지금 당장 의원이 꿰매기 시작해도 살긴 틀렸다. 심장도 갈렸으니까.

퉁!

은여령은 다시금 뒤로 물러났다.

그리고 편한 걸음으로 사선으로 움직였다. 포위망을 염두에
둔 걸음이다. 시선은 전방이지만, 감각은 그녀를 중심으로 동
심원을 그리며 살펴보고 있었다. 이게 바로 무인의 무서운 점
중 하나이다.

내력이라 불리는 지극히 특별한 기운을 이용해 감각을 최대
한 벼려놓을 수 있다. 그렇게 벼려진 이 날카로운 감각은 전장
의 상황을 초감각으로 느끼게 해준다. 조휘가 가진 것, 그건
은여령에게도 있었다.

후방에는 아직 적이 없었다.

'이제 이각 좀 넘었나.'

아직 멀었다.

그녀의 감각시계는 아직 두 배 이상 이 자리에서 버티고 서
있어야 한다고 말해주고 있었다. 하지만 상관없었다. 금의위가
빠진 지금, 그리고 저 뒤에서 그녀가 지치기를 기다리고 있는
다섯의 금의위 정도는 언제든지 잡을 수 있으니까.

쉭!

얼굴로 날아오는 화살을 고개만 까닥여 피한 은여령은 발
에 차인 돌을 툭 발끝으로 튕겨 올렸다. 그리고 왼손으로 잡
아 그대로 던졌다.

빠각!

"칵!"

날아간 돌이 화살을 쏜 놈의 얼굴에 박혀 고통에 찬 비명을 끌어냈다. 손에 꼭 들어오는 돌도 그녀가 던지면 치명적인 살상 무기이다.

뒤로 풀썩 넘어간 놈은 꼼짝도 하지 않았다. 기절한 게 아니면 죽은 것이다. 하지만 모든 이가 굳이 맥이나 코에 손을 안 대보고도 답을 알고 있었다. 후자가 답이라는 걸. 눈에 보이지도 않는 속도로 날아간 돌에 정통으로 이마를 맞았는데 살아 있다면 그게 더 이상한 일이다. 게다가 돌도 퍼석퍼석 한 놈이 아닌, 단단한 차돌이었다.

드디어 슬금슬금 은여령에게서 벗어나려는 움직임이 나오기 시작했다. 서른이 넘게 죽은 지금까지 은여령의 검은 무복 자락도 못 벴다. 머리카락 한 올 끊은 인간이 없었다. 실력 차이가 천장단애보다 넓고 깊게 느껴졌다.

그러니 이성적인 판단보다 본능이 먼저 올라왔다. 살고 싶다. 살자. 살고 싶다고 악을 쓰고 있었다. 그 결과가 바로 이것, 도망이다.

수는 아직도 많았다. 못해도 수십이다. 숙소에서 나온 무인들도 있지만 장원의 정문 너머 공터가 그리 크지 않아 백 이상은 수용이 불가능했다. 그러니 은여령은 조심만 하면 가장 전방 앞줄, 열에서 열다섯 정도만 상대하면 되는 상황이다. 당하고 싶어도 절대 당할 수 없는 상황이란 말과도 동일했다.

파박!

은여령의 신형이 사라졌고, 동시에 은빛 궤적이 번쩍였다.

*　　　　*　　　　*

"공작대로부터 연락은 아직 없습니까?"

"슬슬 올 거요."

만덕장에서 백 보 정도 떨어진 폐가에서 두 사람이 초조하게 연락을 기다리고 있다. 조현승과 오현이다.

조현승은 전체를 조율하는 역할이고, 오현은 공작대원 다섯과 조현승의 호위를 맡았다. 이로써 두 번째 작전이다. 첫 번째 작전은 조휘와 치른 작전이다. 그리고 그 작전은 실패했다. 결과적으로 원하는 바를 반은 이뤘지만 정작 공작대의 중심인 조휘가 쓰러졌으니 말이다. 그리고 이걸로 두 번째 작전이다.

본인의 머리에서 나온 설계대로 진행되는 작전이다 보니 초조한 것도 이해는 됐다. 게다가 그는 은여령이 걱정됐다. 무력면에서는 공작대 최강이다. 그건 인정한다. 하지만 무려 백 이상의 무인을 막아내야 한다.

조현승은 지극히 현실적인 이라 그게 가능한지 사실 걱정이 됐다. 은여령이 정문에서 학살을 진행하며 혼란이 일어났을 때를 노려 공작대가 작업을 한다. 이게 두 번째 작전의 주요 내용이다.

이건 본인이 직접 짰다.

그래서 은여령에게 물어봤다.

하지만 작전에 들어가니 걱정이 슬그머니 머리를 내밀었고, 그걸 끝내 무시하지 못하고 있는 조현승이었다.

"부대주가 걱정되오?"

"솔직히 그렇습니다. 사지로 내몬 것 같아 마음이 편치 않습니다. 후우."

"허허, 걱정 마시구려. 부대주는 일당백이라는 단어로도 설명이 부족한 무인이라오. 이 제독이 그녀를 설명할 때 뭐라 했는지 아시오?"

"거기까진 모르겠소."

"일인군단이요."

"……."

"오홍련 내에서 최고로 강한 이들을 꼽자면 전부 다섯 정도 된다오. 그리고 부대주는 그중에서도 첫 번째일 거요."

"그 정도입니까?"

오홍련의 규모는 어마어마하다.

오홍련 자체와 지지 세력만 전부 데리고 독립해도 나라 하나는 충분히 만들 수 있을 것이다. 아니, 지금 마음먹고 절강성을 중심으로 독립을 선언해도 될 것이다. 해안가의 민심은 바짝 잡고 있으니까. 그 정도로 거대 세력인데 그 안에서도 첫 번째다? 그건 정말 대단한 일이었다.

조현승은 그제야 안심이 됐는지 한숨을 내쉬었다. 그리고 차분히 기다리기 시작했다. 그리고 이각 정도 더 흘렀을 때, 조현승이 기다리던 효시(嚆矢)가 울렸다.

삐이이익!

쾅!

콰과과광!

콰앙!

천지가 요동쳤다.

새빨간 화염도 같이 요동쳤다.

화력을 극한으로 올린 진천뢰의 폭발은 천재지변을 연상시킬 정도로 어마어마했다. 세상이 뒤흔들리고 전각이 통째로 주저앉는 곳도 생겨났다.

두드드드!

지진이라도 난 양 지반이 흔들리기까지 했다.

이 역시 오홍련에서 자체 개발한 진천뢰다. 이화매가 진짜 죽도록 까버려서 나온 개량, 발전형 진천뢰. 전쟁의 큰 판도를 바꿀 수 있다는 큰 이점이 있는 무기이다. 게다가 더 무서운 건 폭발력만큼이나 굉음이 엄청났다.

콰앙!

콰과광!

쾅!

어둠이 찢어졌다.

온 세상에 번쩍거렸다. 오밤중에 터진 진천뢰의 폭발에 빈주의 백성들은 날벼락을 맞았다.

사방에서 비명이 울렸다.

화르르!

화마가 먹기 좋은 나무를 잡아먹는 소리에 섞여 온 사방에서 이곳이 지옥이 아닐까 생각하게 만드는 처절한 비명이 울렸다. 하지만 가차 없었다. 연쇄 폭발은 계속해서 일어났고, 만덕장 곳곳에서 폭음과 불길이 치솟았다. 그렇게 치솟은 불길은 그전에 등장한 화마와 힘을 합쳐 장원 내 전각을 모조리 태워 버리고 있었다. 다행이라면 만덕장 지부가 워낙에 넓어서 폭발의 여파가 밖으로는 튀지 않았다는 점이다. 물론 이 부분도 조현승이 직접 계산한 것이다.

오홍련은 황실과 전쟁 중이지 민간 백성과 전쟁 중이 아니었으니 말이다.

거의 사십 번에 가깝게 터지고 나서야 폭음이 잦아들었다. 연쇄 폭발까지 모두 끝난 것이다. 하지만 여진(餘震)처럼 땅 울림은 계속됐다.

폭음과 땅 울림으로 정신을 잡기도 힘들 텐데 고고히 대지를 밟고 서 있던 은여령은 이 넓은 대지 어딘가에 있을 무기 제작소가 무너지는 거라 생각했다. 작전은 완수했다. 정말 완벽했다. 공작대는 알아서 철수할 것이고, 이제 자신도 빠지면 된다. 하지만 당장은 힘들 것 같았다. 은여령이 들어왔던 정문으로 들어서는 일단의 기마대. 복장은 새까만 흑의 무복이지만 굳이 물어보지 않아도 알 수 있었다.

이들은 어딘가 나가 있던 금의위였다.

기세가 짜르르 피부로 와 닿았다.

"은성검……."

그리고 바로 은여령을 알아봤다. 그건 그녀의 용모파기를 기억하고 있다는 뜻, 즉 경계 대상이었다는 뜻이다.

"황제의 개, 금의위군요."

"무례한……!"

"무례? 그거 참 참신한 단어예요."

은여령은 이들에 대해 나쁜 감정은 없었다. 그녀는 오직 서창 그 빌어먹을 집단에만 막대한 원한을 가지고 있었다. 하지만 지금은 아니다. 황실 그 아래 모든 것들에 적의를 품었다. 그리고 그 적의가 자신의 앞을 막아선 지금 거대한 살의가 되었다.

차앙!

금의위 스물다섯이 일제히 검을 뽑았다. 마상에서 싸울 수 있는 공간이 없으니 이미 모두 말에서 내려선 상태였다. 은여령은 차라리 잘됐다고 생각했다. 아주 솔직히 말하자면 아직 그의 복수로는 부족했다.

진천뢰의 폭발이 일어나기 전까지 만덕장의 무인을 거의 육십에 가깝게 죽인 은여령이지만 이상하게도 부족했다. 아니, 그냥 부족했다. 은여령은 현재 남은 내력을 가늠해 봤다.

'충분해⋯⋯.'

아직 생생하다.

더 싸울 수 있다는 의미이다.

생각이 끝남과 동시에 금의위가 움직였다.

쉬익!

넷이 동시에 사방을 점하며 달려들었다. 그 뒤를 따라 여섯이 일정한 간격을 두고 따라붙었다.

확실히 좀 전 어중이떠중이 무인들과는 달랐다. 연수합격을 제대로 할 줄 아는 놈들이다.

쉭! 쉬이익!

검 두 개가 옆구리와 가슴을 노리고 날아왔다.

까강!

부드럽게 휘두른 검격에 두 개의 검이 동시에 튕겨 나갔고, 그 사이를 다시 두 개의 검이 파고들어 왔다. 역시 검 좀 쓰고 호흡 좀 맞춰본 놈들이다.

하지만 이 정도에 당할 것 같았으면 당당하게 정문으로 들어오지도 않았을 은여령이다.

툭!

다리에 순간적으로 힘을 줘 신형을 뒤로 튕겨내니 틈을 비집고 들어온 검은 은여령의 근처에도 닿지 못하고 멈췄다.

그런 은여령의 회피 동작에 공격한 금의위들의 표정이 대번에 굳었다. 작정하고 한 공격인데도 아무런 피해도 입히지 못한 것이다. 하지만 포기할 생각은 없는지 바로 다시 쇄도해 들어왔다. 선수필승(先手必勝)의 묘라……. 좋다. 하지만 그것도 실력이 비슷비슷할 때나 통할 얘기다.

쉬악!

서걱!

한 발자국 전진 후 그대로 가공할 쾌검을 뿌리는 은여령. 그 쾌속의 검격이 가장 앞에 있는 금의위의 얼굴부터 가슴까지 쩍 갈라 버렸다. 검이 빠져나온 순간 바로 다섯 보를 물러나면서 거리를 벌렸다.

풀썩.

썩은 짚단처럼 엎어진 금의위에게서 붉은 피가 스멀스멀 흘러나왔다. 놀란 금의위들이 일제히 멈췄다. 그들은 아예 그녀

의 검격을 눈으로 좇지도 못했다. 뭔가 번쩍하더니 동료가 가
슴이 깊게 갈려 죽었다.

"……."

"……."

침묵이 흘렀다.

그러나 역시 회복이 빨랐다. 삐걱거리는 고갯짓으로 은여령
을 바라보는 금의위의 눈빛에는 이해 불가의 감정이 담겨 있었
다. 딱 봐도 불신의 눈빛이다. 저 반응에서 은여령은 알 수 있
었다. 수련은 잘되어 있지만 진짜 제대로 된 무인은 아직 만나
본 적이 없다는 사실을.

쉭.

가볍게 검을 터는 은여령.

피가 튀어야 하지만 피는 칼에 닿는 순간 증발했다. 아주
미약하지만 내력이 담긴 검격이다. 그러니 피는 내력에 전부
타버렸다. 피가 타는 냄새, 살이 타는 냄새가 뒤늦게 은여령의
뒤에서 날아온 바람에 실려 금의위의 후각을 자극했다.

그 냄새에 이를 악무는 금의위.

더 덤비겠다는 뜻으로 보였는데, 이상하게도 그 뜻이 은여
령에게는 기꺼웠다. 아직, 아직 부족하다.

오늘따라 너무 피가 보고 싶었다.

조휘에게 물들었나?

그럴 가능성도 농후했다.

마도의 지근거리에서 그를 호위하던 은여령이다. 그리고 감
정이란 것은 본디 전염병처럼 여러 사람을 감염시키기도 한다.

이 두 가지를 생각하면 은여령의 정신에 마(魔)가 물든 것도 그리 못 믿을 일은 아니었다.

"안 올 건가요?"

그래서 은여령답지 않게 도발까지 했다. 아주 정중한 어투로.

까드득!

반응은 즉각 나왔다.

파바박!

셋이 일시에 은여령에게 뛰어들어 왔다.

전방과 좌우를 전부 점한 합격이다. 정면에서는 가슴, 왼쪽은 허벅지, 오른쪽에선 옆구리를 노리고 들어왔다.

깡!

일단 허벅지부터 막아내고 그대로 왼발을 축으로 빙글 돌았다. 가슴으로 오던 검은 그냥 지나가고, 옆구리를 노리던 검도 허무하게 허공만 갈랐다.

빠각!

회전력이 실린 팔꿈치가 상체를 세우던 금의위의 관자놀이에 처박혔다.

우득!

그 힘에 고개가 반대쪽으로 팅겨나가며 뼈가 부러지는 소리가 들렸다. 소름 끼치는 힘이다. 여인의 몸에서는 나오기 힘든한 방이지만, 누구도 그게 이상하다 생각하지 않았다.

금의위, 황실기관 동창과 서창은 물론 중원의 모든 기관에서 정보를 받는다. 그러니 은성검의 정보 또한 받아봤을 것이다. 내력을 다루는 진짜 무인.

위험도는 이화매의 호위무사 유키무라, 이안과 함께 측정 불가 등급이다. 그런 여인이니 팔꿈치 치기 한 방에 목이 부러지는 것도 이상한 일이 아니었다.

쉬잇!

뱀의 혓소리가 울리고, 두 놈의 목에 붉은 혈선이 그어졌다.

푸슉! 푸슉!

피가 뿜어지기 시작하자 목을 움켜쥐지만 그런다고 피부가 다시 붙지는 않는다. 손가락 사이를 타고 피가 꾸역꾸역 흘렀다.

그리고 은여령의 공격은 그게 끝이 아니었다.

빡!

검은 그대로 회전하고 풍차처럼 돌면서 발끝에 또 한 놈의 턱을 걸었다. 고개가 순간적으로 휙 돌아가면서 다시 우득 하는 소리가 들렸다. 착지한 은여령이 다시 뒤로 사뿐거리는 걸음으로 물러났다. 그런데도 금의위는 그런 은여령의 후퇴를 전혀 따라오지 못했다. 거리 안에 들어오는 그 순간에 넷이 쓰러졌다. 정말 눈 서너 번 깜빡이는 시간밖에 지나지 않았다. 그런데 넷이 전사.

가공하다 못해 진짜 무시무시했다. 다섯 전부가 공격도 제대로 못 해보고 개죽음을 당했다. 검이라도 마주쳤으면 덜 억울할 텐데 이건 뭐 퍽 치면 우득 부러지고, 휙 하면 급소가 쩍쩍 갈라져 죽었다. 이놈들은 실력이 그럭저럭 있는 놈들이다. 그래서 다섯이 순식간에 죽자 눈빛이 점점 죽었다. 실력 차이를 느낀 것이다. 안 그래도 제외 등급, 측정 불가의 위험도를 지닌 은여령이다.

대명 공포정치의 주역 중의 주역인 금의위도 그런 은여령은 대적이 불가능했다. 보아하니 직급도 소기(小旗)로 보였다. 금의위에서는 말단 중에 말단이니 더더욱 대적 불가했다.

팍!

지면이 다시 터졌다.

놈들이 어떻게 할까 고민을 시작하기도 전에 은여령이 먼저 움직였고, 그에 가장 앞에 있는 것들이 흠칫 굳었다.

지면을 박차는 소리가 들린 뒤 바로 코앞에 있다. 마치 공간을 이동해 온 것처럼 가공할 속도의 쇄도 후 검격.

서걱!

깔끔하다 못해 시원한 절삭 음과 함께 가장 오른쪽에 있던 놈의 머리가 하늘로 두둥실 떠올랐다.

두 눈 부릅뜨고 있는 상황에 갑작스럽게 떠오른 목. 생존 본능이 경고를 보내기도, 놀라 입이 벌어지기도 전에 이미 은여령은 중간에 있는 금의위에게 짓이겨 들었다.

그그극! 쉬이익!

지면을 긁다가 수직으로 솟구친 검격에 놀라 몸을 빼려는 놈의 턱 아래부터 정수리까지 그대로 뚫어버렸다.

부르르!

벼락을 맞은 놈처럼 몸을 떨기 시작하자 가슴을 걷어차며 검을 뽑은 은여령이 상체를 숙였다.

쉬익!

머리 위를 스쳐 지나가는 검격에 머리카락 몇 올이 잘려 나풀거렸다. 오늘의 첫 번째 허용이다.

옷이나 머리카락이 잘린 게 말이다.

칭찬해 줄 만한 공격이다.

그에 대한 상은 처절하게 아름다웠다.

푹! 푹푹!

어느새 검은 들어가고, 뽑혀져 나온 쌍악이 양 허벅지를 세 번이나 뚫었으며,

쉭! 쉭쉭!

옆구리를 한 번, 복부, 가슴을 쭉 긋고 올라갔다. 놈은 마지막까지 눈앞에 번쩍이는 검고 하얀 궤적만 봤을 것이다.

푹!

마지막으로 목젖을 뚫는 백악.

푸극!

중간까지 뚫고 들어갔다가 다시 뽑고는 한 발자국 물러나 상체를 틀었다. 쉭! 픽!

스쳐 지나간 검이 땅바닥에 깊게 박혔다. 어깨에 힘이 잔뜩 들어가 생긴 일이었고, 그 결과 은여령의 혀를 날름거리게 만들었다.

눈앞에 검게 그은 살결이 보인다.

아주 찰나간 보였지만 그 찰나를 노릴 실력이 은여령에게는 차고 넘쳤다. 그래서 본능적으로 왼손이 움직였다.

서걱!

절삭력이 엄청난 흑악이 그대로 올라오는 목을 그었다. 옆

에서부터 아예 쭉 가르고 들어갔을 테니 이건 뭐 볼 것도 없었다. 동맥을 끊었는지 피가 분수처럼 솟구쳤다. 단순한 묘사가 아닌 실제로 피가 마구 푹푹 솟구쳤다. 그 피를 피하면서 물러나는 은여령. 마치 유령처럼 상체의 흔들림이 전혀 없이 뒤로 빠져나가니 그 모습조차 소름이 끼칠 정도로 무섭고 또한 아름다웠다.

그녀가 짧게 숨을 내뱉는데 효시가 울었다. 퇴각을 알리는 신호였다. 저걸 쏜 이는 분명 군사 조현승이다.

그러니 당연히 따라야 하는데 그게 싫었다. 혈관을 타고 갑자기 호전적인 본능이 흐르는 건지 눈앞에 남은 금의위들의 목을 전부 치고 싶었다. 목을 못 치면 가슴이라도 갈라 버리고 싶었다.

'그것도 안 되면 팔다리라도⋯⋯.'

흠칫!

순간 등골을 타고 소름이 일시에 내달렸다. 동시에 머릿속에 순간적으로 혼란이 들어섰다. 얼마나 위험한 생각인지 자각한 것이다. 그리고 그런 은여령의 상태를 눈치챘는지 금의위 하나가 용케도 은여령의 시야 사각으로 움직여 암기를 쏘려 했다. 하지만 그 암기는 끝끝내 쏘지 못했다.

슈아아악!

픽!

투창처럼 날아온 도가 은여령을 노리는 놈의 가슴을 뚫었다. 그 소리에 은여령은 정신이 번쩍 들었다. 도는 은여령의 뒤가 아닌 금의위의 뒤 정문 쪽에서 날아왔다. 저벅저벅 지면을 밟는 소리가 묘하게 그녀의 가슴을 흔들었다.

"퇴각 신호가 울렸으면 닥치고 빠져야지 정신을 놓고 있어?"

그리고 이어 들려온 목소리가 은여령의 가슴에 포탄처럼 박혀 거대한 파문을 만들어냈다. 익숙한 목소리다.

정말 매우 익숙한 목소리.

근 한 달을 고대하고 또 고대하던 목소리다. 놀라 흠칫 뒤돌아서며 갈라서는 금의위 사이로 그가 보였다.

마도 진조휘, 그가.

『마도 진조휘』 8권에 계속…

초대형 24시 만화방

신간 100%, 샤워실, 흡연실, 수면실(침대석), 커플석, 세탁기 완비

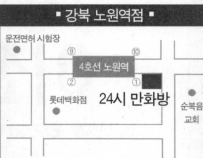
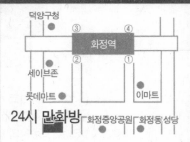
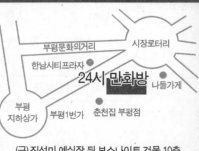

MAJOR LEAGUER
메이저리거

FUSION FANTASTIC STORY
강성곤 장편 소설

꿈꾸는 자에게 불가능은 없다!

『메이저리거』

불의의 사고로 접어야만 했던 야구 선수의 꿈.
모든 걸 포기한 채 평범한 삶을 살던
민우에게 일어난 기적!

"갑자기 이게 무슨 일이지?"

그의 눈앞에 나타난 의미 모를 기호와 수치들.
그리고 눈에 띈 한 단어.
'타자(Batter)'

특별한 능력을 얻게 된 민우의
메이저리그 진출기가 시작된다!

Book Publishing CHUNGEORAM

유행이 아닌 자유추구 -
WWW. chungeoram.com

박선우 장편소설
FUSION FANTASTIC STORY

멋진 인생
Wonderful Life

태어나며 손에 쥔 것이라고는 가난뿐.

그러나 내게는 온몸을 불사를 열정과
목숨처럼 소중한 사랑이 있었다.

『멋진 인생』

모두가 우러러보는 최고의 직장이자 가장 치열한 전쟁터,
천하그룹!

승진에 삶을 바친 야수들의 세계에서 우뚝 서게 되는
박강호의 치열하지만 낭만적인 이야기!

Book Publishing CHUNGEORAM

유행이 아닌 자유추구
WWW.chungeoram.com